Début d'une série de documents
en couleur

JUDITH GAUTIER

Le Vieux

de la Montagne

Armand COLIN & Cie, Éditeurs

Armand COLIN et Cⁱᵉ, 5, rue de Mézières, Par.

Bibliothèque de Romans historiques

Le volume in-18 jésus, broché, **3 fr. 50**. — *Exemplaires sur Hollande*, **8 f₁**

Paris. — Imp. E. CAPIOMONT et Cⁱᵉ, rue des Poitevins, 6.

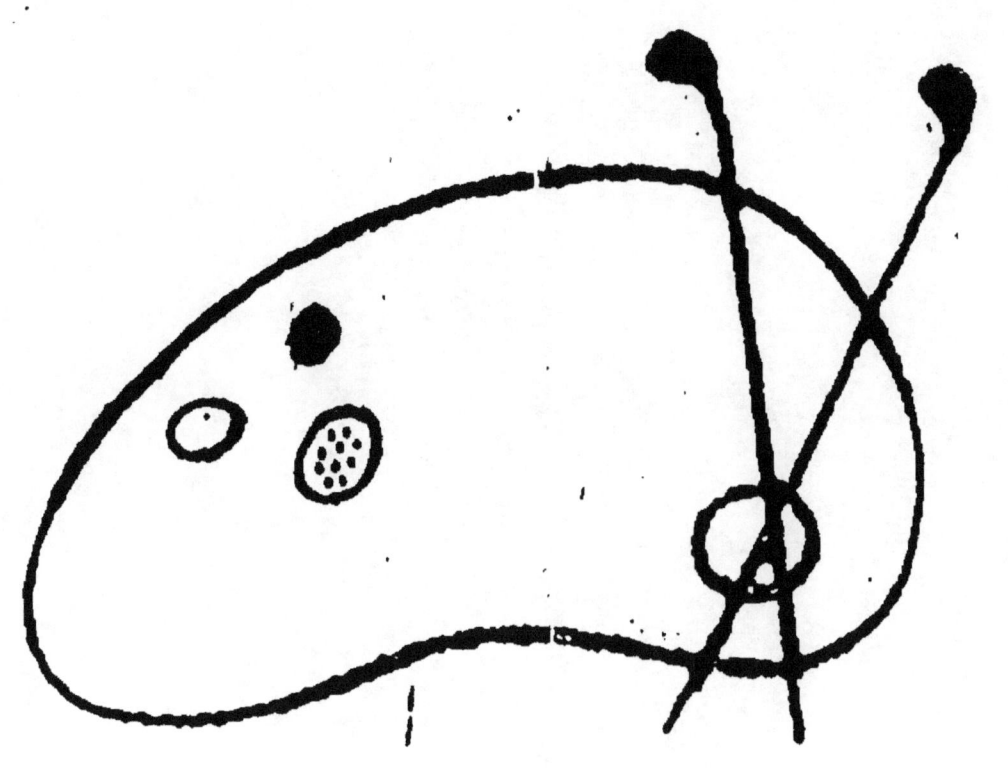

Fin d'une série de documents
en couleur

LE VIEUX

DE

LA MONTAGNE

Bibliothèque de romans historiques

Le volume in-18 jésus, broché, 3 fr. 50

Exemplaires d'amateur sur papier de Hollande, 8 fr.

La Conquête du Paradis, par JUDITH GAUTIER.

La Sœur du Soleil, par JUDITH GAUTIER. *Ouvrage couronné par l'Académie française.*

Fleurs d'Orient, par JUDITH GAUTIER.

Le Capitaine Sans-Façon (1813), par GILBERT AUGUSTIN-THIERRY.

La Savelli, *roman passionnel sous le second Empire*, par GILBERT AUGUSTIN-THIERRY.

Hassan le Janissaire (1816), par LÉON CAHUN.

Cléopâtre, par JEAN BERTHEROY.

Salammbô, par GUSTAVE FLAUBERT.

Les Gens d'Épinal (1423-1444), par RICHARD AUVRAY.

L'Élève de Garrick (1780), par AUGUSTIN FILON.

Cinq-Mars, par ALFRED DE VIGNY.

Chronique du règne de Charles IX, par PROSPER MÉRIMÉE.

Le roman du mont Saint-Michel, par Mᵐᵉ STANISLAS MEUNIER.

Marguerites du temps passé, par Mᵐᵉ JAMES DARMESTETER, née MARY ROBINSON. *Ouvrage couronné par l'Académie française.*

Volontaire (1792-1793), par JANE DIEULAFOY.

Zoroastre, par F. MARION CRAWFORD. *Ouvrage couronné par l'Académie française.*

Pougatcheff, d'après le roman russe de Salhias de Tourne-mire, par R. CANDIANI.

La Chanoinesse (1789-1793), par ANDRÉ THEURIET.

Il a été tiré à part, sur papier de Hollande, dix exemplaires numérotés du *Vieux de la Montagne.*

Ces exemplaires sont mis en vente au prix de 8 francs.

Coulommiers. — Imp. PAUL BRODARD.

BIBLIOTHÈQUE DE ROMANS HISTORIQUES

LE VIEUX

DE

MONTAGNE

PAR

JUDITH GAUTIER

PARIS

ARMAND COLIN ET Cⁱᵉ, ÉDITEURS

5, RUE DE MÉZIÈRES

1893

A

CH. CLERMONT-GANNEAU

Témoignage d'une fraternelle affection.

J. G.

LE VIEUX
DE LA MONTAGNE

I

On faisait silence autour du roi, qui s'était
assoupi. Mais un brouhaha de rires et de cris, de
chocs singuliers montait, par intermittences,
jusqu'à la terrasse, qu'abritait un velum de soie.

Les dames, appuyées au rebord de pierre, se
penchaient pour mieux voir, et, auprès d'elles,
avec un sourire un peu dédaigneux, les chevaliers regardaient aussi.

Par-dessus le rempart de Jérusalem, dans un
méplat du terrain] qui dégringole presque à pic
jusqu'à la vallée de Josaphat, on pouvait suivre

des yeux les évolutions d'un groupe d'écuyers et de damoiseaux jouant à la quintaine.

A cet endroit, la muraille, dominée par le palais royal et le massif du Temple, formait un angle rentrant et projetait une ombre très allongée, dans laquelle, à l'abri du soleil, on avait établi le jeu. Le mannequin, couvert d'armes sarrasines, était solidement attaché à des pieux et faisait face au jouteur, qui, la lance en arrêt, piquait son cheval et tâchait de pourfendre l'adversaire inanimé. Les rudes chocs bosselaient la cuirasse immobile, ou bien l'arme se brisait, ne laissant qu'un tronçon dans les mains de l'assaillant. Quelquefois un élan maladroit désarçonnait le cavalier, qui s'abattait sur le sol avec un grand bruit de métal froissé. Alors, sur la terrasse royale, les belles curieuses se rejetaient en arrière, étouffaient un rire et disaient à demi-voix :

— En voici un qui, de longtemps, ne sera pas digne de chausser les éperons !

Il y avait là trois très nobles dames : la princesse Sybille, fille du roi, blonde et fière ; Estiennette de Naplouse, veuve d'Homphroy du Toron et remariée à Milon de Plancy, cousin du souverain ; rieuse, très jeune encore : trente-deux

ans à peine, elle a, de son premier mariage
cependant, un fils déjà chevalier; Eschive de
Galilée, orgueilleusement belle, riche et fastueuse,
mère honorée d'une lignée nombreuse. Auprès
d'elle, son nouveau mari, le comte Raymond de
Tripoli, lui chuchote à l'oreille des aveux d'une
tendresse un peu brutale, dont elle se défend par
de brusques mouvements d'épaules, tout en riant
en dessous.

Raymond III, comte de Tripoli, est d'assez
petite taille, maigre, avec des épaules carrées;
il a la face basanée, le regard aigu, la lippe pendante, les cheveux plats et châtains. C'est un
homme terrible au combat, tellement que les
infidèles l'ont surnommé le « Satan des Francs »;
mais il ne sait pas grand'chose, hors du métier
des armes, malgré les efforts qu'il a faits pour
s'instruire, pendant une captivité de huit années
chez les Sarrasins.

C'est en apparence seulement que la princesse Sybille s'intéresse au tournoi des écuyers.
Ses regards glissent de côté et s'arrêtent avec
insistance sur un chevalier qui se tient à l'écart,
absorbé dans une rêverie, l'air grave et le front
baissé. Il est très jeune, mais d'aspect austère,

large d'épaules, mince de taille, de haute stature, avec des yeux clairs et des cheveux blonds; le type parfait de la mâle beauté, à ce que proclament toutes les femmes de la cour. Mais pourquoi est-il si froid et si réservé, si peu semblable aux autres chevaliers, dont les folies et les désordres vont souvent jusqu'au scandale?

Sybille a, tout à coup, l'idée, qu'il nourrit peut-être le projet de prononcer des vœux, et cette supposition l'encolère à tel point qu'un flot de sang empourpre ses joues et que, résolument, elle marche vers le jeune homme pour le questionner. Arrivée près de lui, cependant, elle se calme, et ne dit pas ce qu'elle voulait dire.

— Que regardez-vous donc avec tant d'intérêt, messire Hugues de Césarée? Ce n'est certes pas la quintaine que l'on joue au pied des murs.

Dans un sursaut, il se retourne, puis sourit à la princesse et lui répond respectueusement. Ce qu'il regarde, c'est un convoi de pèlerins, qui arrivent d'Europe, et entrent à Jérusalem par la porte de Josaphat. Ils vont en procession, avec croix et bannières, les uns nu-pieds, les cheveux couverts de cendres, d'autres se traînant sur les genoux, quelques-uns enveloppés d'un linceul qui, après avoir touché le Saint-Tombeau, sera conservé comme une relique et, lors de leur mort, les ensevelira. On voit la longue file s'engager, une fois la porte franchie, dans une petite rue montueuse, puis disparaître sous des voûtes, dans la direction du Saint-Sépulcre.

— Des pèlerins!

Sybille fronce le sourcil. L'appréhension du monastère lui revient, et elle demande d'une voix altérée :

— Est-il vrai que vous voulez prendre les ordres?

— Qui dit cela?

— Personne ne le dit, si ce n'est la pureté de vos mœurs et votre grande vertu.

Hugues répond en riant :

— Je n'ai pas plus de vertu que beaucoup d'autres; mais, si je voulais me consacrer au Seigneur, je chercherais le désert, plutôt que de me retirer dans un de ces monastères, fondés par des saints, et qui sont devenus, aujourd'hui, de véritables lieux de perdition.

— Il est vrai qu'il y a de grands pécheurs!...

La princesse se tait, trouvant la causerie mal engagée, un peu trop grave. Hugues, cependant,

promène un regard irrité sur la cité sacrée ; il
désigne, de son bras tendu, un groupe d'édifices,
dominé par une coupole qui flamboie au soleil.

— Voyez, dit-il, avec quel insolent orgueil les
Frères Hospitaliers ont élevé ces somptueux monuments, cette basilique dont le dôme si haut se
dresse aux portes mêmes du Sépulcre, qui en est
tout écrasé. Et quelle vie mènent-ils derrière ces
murs, qui abritent des prostituées ? C'est honte
d'en parler seulement ! Ils sont en révolte contre
le clergé, auquel ils refusent de payer la dîme, et,
d'ailleurs, il n'y a plus rien sous le ciel qui leur
inspire du respect, pas même le vénérable sang du
Sauveur.

Sybille se récria.

— Ne savez-vous pas, reprit Hugues, ce qu'ils
viennent d'imaginer pour troubler le Patriarche
de Jérusalem quand il officie au Saint-Sépulcre ?

— Quoi donc ? messire.

— Aussitôt que le bon prêtre commence à prêcher aux fidèles, les chevaliers de l'Hôpital se
mettent à sonner leurs grosses cloches à toute
volée et sans relâche. Le Patriarche a beau
hausser le ton, crier, hurler même : il ne parvient
pas à se faire entendre.

— C'est grand'pitié, vraiment, dit Sybille, qui ne put s'empêcher de rire. Mais elle se mordit les lèvres et reprit :

— Le Patriarche s'est plaint, j'imagine?

— Il s'est plaint, oui; les Hospitaliers ont répondu qu'ils feraient pire encore. Ils l'ont fait. Ce matin, pendant la messe, ivres de fureur, ils sont entrés, en armes, dans le très saint sanctuaire, comme si c'était une caverne de larrons, et ont osé lancer des flèches.

— Un autre que vous me rapporterait cela que je ne le voudrais croire, s'écria la princesse.

— Vous pouvez voir ces flèches, comme je les ai vues moi-même. On les a réunies en faisceau, et suspendues devant le calvaire, pour témoigner de cette offense.

— Lancer des flèches dans le sépulcre du Sauveur! dit Sybille en baissant la tête. Et ce sont les soldats du Christ qui font de telles choses! Ah! le désordre est grand dans la cité sainte!... Et notre sexe non plus n'est pas exempt de blâme. Ne voit-on pas, chaque jour, les nonnes du couvent de Sainte-Anne se rendre aux bains publics, où leurs amants les attendent?... Mais il faut avouer aussi que ce climat est bien terrible. Il exalte l'esprit, brûle le sang, obscurcit l'âme : on n'est coupable qu'à moitié. Et puis toutes ces richesses qui affluent, toutes ces tentations... Comment résister?... Il y a des âmes fortes cependant : la vôtre, chevalier, car vous êtes insensible aux plus grandes séductions.

Hugues se détourna, le cœur oppressé, les yeux troubles, et il dit, d'une voix à peine distincte :

— Qui peut savoir ce qui se cache dans une âme?

— Attention! dit Sybille, en se retournant, le roi s'éveille.

En effet, sur son lit de repos, repoussant les carreaux soyeux, qui roulèrent jusqu'à la mosaïque du sol, Amaury s'étirait les bras et bâillait.

A cause de la chaleur extrême, il n'était vêtu que d'une robe blanche, bordée de pourpre, à larges manches et négligemment nouée à la taille. Ses cheveux, blond clair, longs et ondulés, s'étaient mis en désordre, froissés par l'oreiller, et le roi, un peu essoufflé et hagard, cherchait nonchalamment de sa main, à les rajuster.

La princesse s'élança vers lui :

— Eh bien, père, cette petite fièvre?

— C'est passé! Cette courte siesto m'a guéri, bien que mon sommeil ait été peuplé de rêves.

— De mauvais rêves, sire? demanda Guillaume, archidiacre de Tyr, grand-chancelier du royaume, qui, assis auprès du roi, avait replié le manuscrit qu'il lisait, en voyant le souverain s'éveiller.

— Voudrais-tu expliquer les songes, comme le fit Joseph dans sa prison, au pays d'Égypte? demanda Amaury, qui zézayait un peu en parlant. En ce cas, je t'avertis qu'il en est, parmi les miens, de fort aimables que je n'oserai guère exposer à un saint homme tel que toi.

Et le roi se laissa aller à un rire désordonné, qui secoua du haut en bas ses chairs opulentes et molles.

Amaury avait alors trente-six ans et régnait depuis dix années sur le royaume chrétien de Jérusalem. Il était beau et agile, en dépit de l'ampleur de son corps. Sa vaste poitrine, aux mamelles charnues, ses bras ronds, ses puissantes épaules, lui donnaient un aspect herculéen, et, malgré la carnation rose et blanche de son visage, où frisait une abondante barbe blonde, son expression était énergique et majestueuse, grâce à la forme aquiline du nez et à l'éclat du regard.

Tous s'étaient réunis et groupés autour du roi. Tiennette de Naplouse l'éventait avec une feuille de palmier, et la belle Eschive lui offrait à boire.

— Non, non, comtesse, dit-il, en repoussant le gobelet, mon médecin me recommande la sobriété à cause que je suis trop gros.

— Un peu de neige parfumée de roses! Voilà quelque chose de substantiel! s'écria Sybille.

— Cela ne romprait même pas le jeûne, dit Eschive.

— Vous croyez?... Qu'en pense Guillaume?

— Je viens d'en boire, sire, répondit l'évêque; hâtez-vous, car la neige mollit déjà.

Le roi but le sorbet lentement.

— La chaleur, la fièvre, l'attente, cela altère, dit-il, en rendant le gobelet.

Et il ajouta, en voyant que le soleil était encore haut dans le ciel :

— Cette journée ne finira pas!

Sybille s'agenouilla sur les coussins, près de son père.

— Qu'attend donc le roi? demanda-t-elle.

— Un ambassadeur, ma fille.

En même temps, Amaury échangea un regard avec l'évêque et, par la gravité de son visage, fit comprendre qu'il n'en voulait pas dire davantage.

Il interpella Hugues de Césarée.

— Assieds-toi sur ces carrés, Hugues, et, pour plus promptement égrener les heures, conte-nous quelque histoire.

Tiennette fit la moue et dit tout bas à Raymond de Tripoli :

— Hélas! voilà le roi qui cède encore à sa manie! Nous allons entendre une histoire déjà vingt fois contée.

— Il est trop avare pour payer un jongleur qui nous dirait du nouveau.

Mais Eschive le poussait du coude pour le faire taire. Le roi insistait :

— Allons! Hugues, toi qui parles un si beau langage.

— C'est par trop grande indulgence que vous dites ainsi.

— Ah! je t'envie ce don du ciel, mon beau chevalier, moi qui bredouille si maladroitement. Mon frère, le roi Baudouin — que Dieu ait son âme! — était cependant plus éloquent qu'aucun; mais je n'ai pas hérité de cette qualité en lui succédant.

— Vos pensées, sire, dit Guillaume, sont hautes, et sages, mais si abondantes en votre esprit qu'elles se pressent en tumulte quand elles veulent passer par vos lèvres.

— Admettons que c'est pour cela, dit Amaury en souriant. Allons, Hugues, j'attends. Si je parle mal, en revanche, j'excelle à écouter et j'aime par-dessus tout les histoires.

— Mais, seigneur, je ne sais laquelle dire.

— Eh bien, redis-nous ton entrevue avec le calife d'Égypte, quand tu fus envoyé par nous en ambassade pour confirmer le traité de paix.

— J'obéis, sire, dit le jeune homme en saluant le roi.

Il se recueillit un instant, tandis que tous s'installaient à l'aise pour l'écouter, ou penser à autre chose.

Il commença, avec un peu d'emphase, sans élever la voix :

— « Nous étions au Caire, dans la salle du trône, tout emplie de gens d'armes et de princes païens, lesquels murmuraient, sourdement, scandalisés qu'ils étaient de notre présence et de la volonté que nous avions de voir le calife en personne. Cela à peine est permis aux plus nobles d'entre

eux. Mais nous étions très fermes dans notre
vouloir, et le calife allait céder. En face de nous,
un rideau magnifique, tout couvert d'or et de
perles, cachait le fond de la salle. Il se replia tout
à coup, et, assis sur un trône d'or, le souverain
parut devant nos yeux. Tous se prosternèrent
comme au pied du trône de Dieu; seuls, nous, les
Francs, après un salut courtois, nous restâmes
debout, regardant en face le calife El-Adhed-ledin-
Illah. C'était un adolescent, beau de visage, brun
de peau, aux cheveux noirs, à la barbe naissante.
Il semblait très curieux de nous voir et ne put
retenir un sourire de sympathie en s'apercevant,
peut-être, que j'étais d'âge à peu près égal au sien.
Avec grande humilité, son vizir, Schaour, vint
lui baiser les pieds, puis lui expliqua, en peu de
mots, le but de notre ambassade, et le contenu des
pactes et alliances accordés en son nom et qu'il
devait confirmer. A cela le calife répondit, très
gracieusement et avec beaucoup de calme, qu'il
était prêt à accomplir de point en point ce qui
avait été convenu par ses ambasssadeurs entre
lui et son cher ami le roi de Jérusalem. Mais
nous, nous exigions qu'il répétât lui-même le serment de foi inviolable, en me donnant sa main en

2

signe de fidélité. Cette prétention souleva un grand tumulte, parmi les Égyptiens, car elle était contre leurs usages et offensait la majesté royale. Après de longues délibérations, le vizir déclara que son maître consentait à nous donner sa main, mais couverte d'un voile. Alors, au grand ébahissement de l'assistance, qui ne pouvait comprendre tant d'audace, devant la majesté royale, je dis, d'une voix haute et tranquille : « Seigneur, la foi vrai-« ment loyale ne cherche pas les cachotteries. « Celle par laquelle les princes ont coutume de « s'engager ne peut s'affirmer que par des choses « nues et ouvertes. Tout ce qui, par l'entremise « de la foi, est inséré dans les pactes doit être lié « et délié avec sincérité, sans qu'il y ait ni fard « ni déguisement d'aucune sorte. C'est pourquoi « ou vous donnerez la main nue ou nous serons « contraints de penser que, de votre part, il y a « quelque feinte et que votre foi n'est pas aussi « pure et entière qu'il convient qu'elle soit. » En entendant cela, le calife, vivement, rejeta le voile et mit sa main droite, nue, dans la mienne, en souriant encore, ce qui sembla mécontenter les Égyptiens, et, serrant ma main d'une étreinte loyale, il répéta le serment après moi, me suivant

de mot en mot et de syllabe en syllabe. Cela fait,
nous nous retirâmes, et, presque aussitôt, le calife
nous envoya des présents nombreux et magnifiques. » Voilà, seigneur le récit que vous désiriez
entendre.

— Oui, dit Amaury en soupirant, et cette alliance
n'a pas donné tout le bien que nous espérions. Que
de rudes combats! Que de luttes à l'issue incer-
taine! Que de fatigues! Que de tourments! Et,
aujourd'hui, le jeune calife n'est plus; la race
des Fathimites s'est éteinte en lui, et Saladin a
usurpé le pouvoir au nom du calife Abasside
résidant à Bagdad. Cependant l'on pourrait encore
conquérir l'Égypte; mais je n'ai pas les forces qu'il
faudrait, et mon oncle, l'empereur Manuel Comnène, tarde bien à m'envoyer le secours qu'il m'a
promis.

— J'ai reçu son serment, sire, dit Guillaume;
il le tiendra; la flotte qu'il vous destine appareille
peut-être.

— Le ciel t'entende! s'écria le roi. L'Égypte,
c'est là mon souci, mon cuisant désir!

La princesse Sybille, assise sur des coussins,
ses belles nattes dorées pendantes sur sa poitrine
et jusqu'à terre, avait écouté Hugues avec un

extrême plaisir et semblait l'écouter encore après
qu'il s'était tu.

— Vous ne m'avez jamais conté, seigneur, dit-
elle, pour le faire parler de nouveau, vos aventures quand vous fûtes fait prisonnier.

— Il ne le peut, dit le roi, car il serait forcé de
se louer lui-même. Il lui faudrait rapporter avec
quelle furie magnifique, il se rua, suivi seulement
de quelques-uns, sur la compagnie que comman-
dait Saladin et comment, resté seul vivant, accablé
par la multitude, il fut désarmé et pris, après
une lutte terrible.

Sybille joignit les mains et leva les yeux au ciel,
tandis que le jeune homme, modestement, courbait la tête.

— Est-il vrai, seigneur de Césarée, demanda
Eschive, que, tandis qu'il vous tenait captif, Saladin vous ait contraint à l'armer chevalier?

— Il ne m'y a pas contraint, dame, mais il m'en
a très courtoisement prié.

— Et vous le fîtes?

— Certes. Je lui ai chaussé l'éperon d'or et
enseigné toutes les règles de notre chevalerie, dont
il fut fort émerveillé.

— Un infidèle!

— S'il n'eût pas été vide de baptême, c'eût été là un vaillant chevalier et bien digne de l'être.

— Et que vous arriva-t-il après cela, messire? demanda Sybille.

— Saladin me tint quitte de ma rançon et me donna la liberté. Je revins au camp de Sa Majesté notre roi...

Hugues se tut. Invinciblement, il s'enfonça dans une songerie, oublieux de ceux qui l'entouraient. Il revit les contrées charmantes, que l'armée avait traversées, alors, pour regagner les terres chrétiennes, ces peuples singuliers, avides de voir les soldats du Christ, ces troupes de femmes voilées, dont les longs yeux noirs les dévisageaient, et qui, à la moindre alerte, s'enfuyaient en poussant des cris aigus. Il se souvint de l'ardente curiosité qui le tenait, lui aussi, et de la promesse qu'il s'était faite de ne pas quitter le pays musulman sans avoir aperçu, de gré ou de force, le visage d'une païenne. Et cette résidence d'été, d'un prince dont il ne savait pas le nom, auprès de laquelle on campa à la dernière étape, avant les frontières chrétiennes! C'est là que sans cesse sa pensée retourne. Les murailles étaient hautes, infranchissables, et pourtant elles l'attiraient, et, sans relâche, il rôdait autour d'elles. Un jour, une voix délicieuse s'envola d'entre les arbres, franchit la muraille, vint caresser l'oreille de l'indiscret chevalier. Elle chantait, cette voix, un chant fier et ardent que le rebab accompagnait, et Hugues crut entendre un appel impérieux, irrésistible. Sans se rendre compte de ce qu'il osait faire, s'aidant des lierres et des lichens, risquant sa vie de plusieurs façons, il avait escaladé le mur, il était descendu dans ce jardin mystérieux. Mais la voix avait cessé de chanter. Au hasard, alors, il avait erré sous les épaisses frondaisons, tapi dans les buissons, se retenant de respirer. Puis, tout à coup, de l'autre côté d'un ruisseau, qui courait sur des fleurs, dans un kiosque de marbre et d'or, dont l'eau caressait les marches, il avait vu la chanteuse, pour son malheur éternel!

Certes, c'était Satan qui l'avait incité à cette action perverse, pour le détourner de Dieu et perdre son âme. Maintenant, elle le hantait nuit et jour cette vision, le torturait sans relâche, et ce n'était pas naturel, une pareille frénésie d'amour, brûlant son sang brusquement, comme le venin d'une flèche empoisonnée. Il reconnaissait bien là l'œuvre du diable et s'était imposé de rudes pénitences pour échapper à la damnation ; mais c'était en vain, et il se mourait lentement à l'idée qu'Elle ne saurait même pas qu'il existait, qu'il ignorait tout d'Elle, jusqu'à son nom, et qu'il ne la reverrait jamais.

Comme malgré lui, il murmura :

— Jamais! jamais!

Et cette certitude lui causa une telle douleur que des larmes roulèrent dans ses yeux.

— Doux Sauveur! Qu'avez-vous? s'écria Sybille, qui vit ces larmes. Quelles désolantes pensées navrent votre esprit?

Hugues se mordit les lèvres pour retenir un sanglot. Il chercha une réponse évasive.

— Je songeais, dit-il, à mes compagnons d'armes, morts auprès de moi, dans ce combat dont nous parlions, et que je ne reverrai plus.

— Ils combattaient pour le Christ et sont dans le paradis, tout environnés de gloire. Vous les reverrez un jour.

— Si l'on était bien sûr de cela, il serait plus aisé de se consoler, dit le roi; mais qui peut savoir?...

— Sire! sire! s'écria Guillaume, voici une pensée impie et sacrilège.

— Que veux-tu, Guillaume? les pensées vous viennent on ne sait comment et sans demander permission.

Une fanfare joyeuse qui éclata au sommet de la tour de David arrêta la réponse sur les lèvres du chancelier.

Le roi se leva vivement, marcha jusqu'au rebord de la terrasse, les regards tournés vers le sommet de la forteresse qui dominait toute la ville. Une seconde fanfare retentit et, à un angle du donjon, un étendard se déploya.

— Mon ambassadeur est signalé, s'écria Amaury avec une expression de contentement. Il vient, c'est certain maintenant, et, vraiment, j'en suis aise.

— Réjouissons-nous donc avec le roi, dit Sybille d'un air boudeur, tout en ignorant la cause de sa joie.

— La curiosité est un péché, ma fille, dit Amaury en riant; mais je te pardonne à cause de ta grande jeunesse.

— Le vrai pardon, ce serait de satisfaire la curiosité, ce qui, du même coup, supprimerait le péché.

— Vraiment?... Eh bien, j'y consens. Je peux

parler à présent; tout à l'heure je n'étais sûr de
rien... Ah! voici le connétable Homphroy du
Toron qui, selon mon ordre, va recevoir le nouveau venu, hors des murs, ajouta-t-il, en voyant
un petit groupe de cavaliers courir vers les remparts et franchir la poterne des Tanneurs.

— Oh! mon fils! combien gracieusement vous
chevauchez! s'écria Tiennette de Naplouse, en
envoyant des baisers au jeune Homphroy, que
l'on distinguait mal, cependant, au milieu de la
poussière soulevée par les chevaux.

— Père! père! tu as promis, dit Sybille, qui
saisit la main du roi pour le tirer vers le lit de
repos.

— Encore! gémit Tiennette. La princesse est
bien fille de son père!

— L'histoire est neuve au moins, cette fois, dit
Raymond.

Amaury alla se rasseoir, et les trois femmes,
auprès de lui, reprirent leurs places.

— Il me faut vous prévenir, mes belles écou-
teuses, que mon histoire ressemble beaucoup
à un conte d'enchanteur. Si je la dis mal, par-
donnez-le-moi.

— Un conte d'enchanteur! s'écria Eschive, qui,

lorsque son mari tournait la tête, échangeait d'ardents regards avec le roi.

— Écoutez donc : C'était la semaine passée ; je me promenais dans le jardin du palais pour goûter la fraîcheur du matin et je lisais, tout en marchant, un curieux manuscrit qui traitait de la navigation chez les Vénitiens. Tout à coup, voici quelque chose, tombant d'en haut, qui heurte ma tête et rebondit à mes pieds. C'était moins lourd qu'un fruit, moins léger qu'une fleur. D'ailleurs, je passais, à ce moment, dans un endroit découvert et il n'y avait que le ciel au-dessus de moi. Je ramassai cet objet qui me venait de façon si merveilleuse, pensant que, peut-être, quelque saint du paradis faisait un miracle en ma faveur. Je vis un morceau de parchemin roulé et qui semblait imbibé d'un parfum étrangement suave. J'étais si surpris que j'hésitai à le dérouler. M'y décidant à la fin, je vis, en caractères d'or, cette phrase écrite en notre langue : « Le prochain lundi, au coucher du soleil, un ambassadeur du Prince des Montagnes entrera à Jérusalem. »

— C'est le diable! s'écria Eschive en se signant.

— N'est-ce pas celui-là que nous appelons le Vieux de la Montagne? demanda Sybille.

— C'est celui-là.

— Le prédécesseur de cet homme exécrable est cause que je suis orphelin, dit le comte Raymond; j'avais douze ans quand il fit poignarder mon père dans sa ville même de Tripoli, sur les marches de l'église.

— Nul n'échappe à la vengeance du grand-maître des Assassins, dit le roi; mieux vaut-il aussi être son ami que son adversaire.

— Ah! père, dis-nous ce que tu sais de lui. J'en ai entendu parler quelquefois; mais ceux qui le nommaient tremblaient de peur, jetant des regards furtifs autour d'eux, et ils se taisaient dès qu'on les interrogeait, comme s'ils avaient craint d'être entendus de lui.

— C'est qu'en effet il passe pour tout voir et tout entendre. Ce qu'est ce personnage, c'est assez difficile de l'expliquer. Il est très puissant et très terrible et, bien qu'il ne règne que sur une soixantaine de mille âmes, il semble l'égal des plus grands souverains, qui même tremblent devant lui. Pour qui l'offense ou lui déplaît la mort est inévitable. C'est un prophète, un roi, un dieu pour ses sectaires; un magicien certainement.

— Il fait des miracles?

— Saladin en a vu quelque chose lorsqu'il voulut faire la guerre au Vieux de la Montagne. Il avait mis le siège devant le château de Maçyâf, la résidence habituelle de ce puissant homme, et, un jour, il crut surprendre son ennemi. Saladin le vit, avec deux écuyers pour toute escorte, au sommet d'une montagne isolée. Se croyant bien certain de le tenir, il fit cerner la montagne et envoya soixante nobles cavaliers pour se saisir de l'adversaire et l'amener prisonnier. Le prophète s'étais assi~ sur un rocher et les regardait venir. « Il est pris! Il est pris! » criaient les soldats de Saladin. En effet, les cavaliers n'étaient plus séparés du rocher que de la longueur d'une lance. Mais alors ils s'arrêtèrent comme devant un obstacle infranchissable; ils avaient beau éperonner furieusement leurs montures : ils n'obtenaient pas d'elles un pas de plus. Quelques-uns mirent pied à terre et voulurent s'élancer; mais, comme frappés de paralysie, ils tombèrent à genoux, sans pouvoir se relever. En les narguant, le Vieux de la Montagne leur disait : « — Eh bien! pourquoi ne venez-vous pas nous saisir, comme vous l'a ordonné celui qui vous envoie?

— C'est que Dieu te protège contre nous », répondirent les émirs tout tremblants. Très penauds, ils s'en retournèrent vers leur maître. Saladin dut lever le siège et, poursuivi par l'ennemi, abandonner tout son équipage de guerre. Maintenant, il recherche l'alliance du Prince des Montagnes; mais il ne l'a pas obtenue jusqu'à présent. Et qui sait ce que me veut cet ambassadeur?

— Comment, sire, il songerait à devenir votre allié? dit Hugues de Césarée.

Et Sybille s'écria, toute scandalisée :

— Un magicien!

— Dieu l'éclairera peut-être d'un rayon de la vraie foi, dit l'archidiacre : on m'a rapporté qu'il s'est fait instruire dans notre sainte religion.

— Il se ferait chrétien?

— Je n'en crois rien, dit le roi. Le Prince des Montagnes est sans doute, comme toi Guillaume, empressé de s'instruire sur toutes choses : il a voulu connaître notre doctrine. Songe donc qu'il est, lui-même, dieu et que c'est là un état qu'on ne doit pas vouloir changer.

— Ce n'est donc pas un sectateur de Mahom? demanda Tiennette.

— Ah! sur cela, interrogez le chancelier. C'est

3

tellement confus et embrouillé que je ne suis pas
capable de l'expliquer clairement. Dis ce que tu
sais, Guillaume.

— Sire, tout cela est fort mystérieux, et je
n'affirmerai rien. Ceux que les Sarrasins, aussi
bien que les nôtres, sans que nous sachions d'où
ils ont tiré ce nom, appellent les « Assassins »,
forment une secte qui fut d'abord réputée la plus
dévote aux lois de Mahomet, et, pendant quatre
cents ans, ils passèrent pour les seuls vrais obser-
vateurs de ladite loi.

En ces derniers temps, la bonne fortune voulut
qu'un homme savant, éloquent et d'un esprit merveilleusement vif et subtil, fût élu pour leur grand-
maître et seigneur. Celui-ci eut l'idée de s'adonner
à la lecture des saints et sacrés évangiles et des
épîtres de saint Paul et autres apôtres. Il apprit
si bien les commandements de Jésus-Christ et la
doctrine apostolique que, comparant cette douce
et honnête loi de Jésus avec celle que le misérable séducteur Mahomet avait donnée à ses com-
plices, il commença à prendre en mépris et à
détester l'immondice et la vilenie du susdit
séducteur. Alors, il jeta à terre les oratoires
desquels il avait usé jusque-là, dispensa son

peuple de l'observance des superstitions maho-
métanes, défendit le jeûne et permit à tous de
boire du vin et de manger de la chair de porc.

— Et tu crois, Guillaume, qu'il a fait tout cela
par amour pour Jésus-Christ? dit le roi en haussant les épaules.

— Je l'espère, sire.

— Lorsque j'étais dans la ville du Caire, dit
Hugues de Césarée, j'ai entendu dire que les
califes Fathimites avaient été longtemps les chefs
de cette secte et qu'ils la pratiquaient encore
secrètement. On appelle aussi les Assassins
« Ismailiens », et j'ai cru comprendre que le
véritable Grand Maître de l'ordre ne résidait pas
en Syrie, mais en Perse, dans un lieu nommé, je
crois, Alamout. Les maîtres de Syrie ne seraient
que des lieutenants de celui-là; mais le dernier
élu a rompu le joug, s'est fait indépendant et
passe pour le plus puissant de tous.

— Ce que tu nous contes là est fort curieux,
dit le roi, et j'imagine que c'est aussi nouveau
pour le savant chancelier que pour moi-même.

— En effet, dit Guillaume, je n'avais rien
entendu de pareil.

— Je connais le grand secret des Assassins, qui

est cause qu'on les appelle ainsi, dit Raymond de Tripoli : un philtre magique que le chef sait composer et qui donne d'enivrantes extases.

— Ah! j'aimerais à en goûter, dit Eschive; ne pourrait-on s'en procurer?

— Vraiment, êtes-vous folle, ma femme? Voulez-vous donc vous damner?

— Le sortilège de votre beauté ne met déjà que trop les âmes en péril, dit le roi. Vous n'avez que faire d'un philtre.

— Mais ce serait pour le boire moi-même, répliqua Eschive, qui riait de tout son cœur.

De nouvelles fanfares, annonçant l'entrée dans la ville de l'ambassadeur du Prince des Montagnes, ramenèrent la noble compagnie au bord des créneaux.

— L'envoyé n'a qu'une très petite escorte, fit remarquer Amaury : il se confie à notre loyauté.

Bientôt Homphroy du Toron parut sur la terrasse. Il venait rendre compte au roi de sa mission. Mais, en voyant la princesse Sybille tout auprès d'Hugues de Césarée, il s'arrêta, le visage altéré, et les enveloppa d'un regard noir.

Le connétable avait dix-huit ans à peine, et il était un peu grêle encore, mais plein d'une grâce très singulière qui semblait tenir plus à l'Orient qu'à l'Europe. De très discrètes rumeurs donnaient à entendre, il est vrai, que le jeune chevalier ressemblait beaucoup à un émir de Nour-ed-din; mais on chuchotait cela tout bas, et Tiennette, qui seule savait le vrai, adorait son fils, sans laisser voir aucun remords.

Homphroy fit son rapport au souverain d'une voix maussade. On avait conduit l'ambassadeur et sa suite dans l'hôtel préparé pour lui, et, selon les ordres, on le traiterait royalement.

— Demain, après la messe, nous le recevrons, dit Amaury.

Et il ajouta, en humant une brise fraîche qui se levait :

— La chaleur est tombée un peu; allons travailler, messire chancelier.

II

Avant la fin de cette nuit-là, Hugues de Césarée
brusquement s'éveilla comme si quelqu'un l'eût
appelé par son nom. Effaré, le cœur battant, il
écouta le silence, regarda de tous ses yeux la
demi-obscurité. Une lampe de mosquée à verres
multicolores, qui pendait d'une poutre, était
allumée, car depuis qu'il se croyait hanté du
démon, le chevalier redoutait de dormir dans
l'ombre ; mais la mèche agonisait, et, sous ses
palpitations, des lueurs jaunes, rouges et vertes
dansaient sur les dalles du sol et dans les caissons
du plafond, où les chimères d'or semblaient s'ani-
mer. Elles avaient des ailes dentelées, de gros
yeux saillants, de longues langues fourchues

sortant de leurs gueules ouvertes, et elles s'allon-
geaient, se ramassaient, comme pour bondir hors
de l'azur qui les tenait prisonnières. Mais, dans
un dernier crépitement, la lampe s'éteignit, et,
subitement aveuglé, Hugues sentit redoubler son
angoisse.

Bientôt, sur le noir opaque, il vit apparaître,
dans un flamboiement confus, la forme adorable
que le diable prenait pour le tenter, l'image de
cette femme inaccessible dont le souvenir le hantait si douloureusement. Il essaya de faire le signe
de la croix; mais son bras retomba inerte, tant
la langueur qui coulait dans son sang brisait sa
force, et il poursuivit avidement du regard la
vision qu'il avait voulu chasser.

Comme elle est gracieusement étendue, cette
femme, le coude dans un coussin, le front sur sa
main! Comme elle est belle, sérieuse et profondément pensive!... C'est cela surtout, cette gravité,
ce regard paraissant voir si loin dans le mystère
de l'inconnu, qui donne à cette tête quelque
chose de vraiment divin; c'est cela qui bouleverse
le jeune chevalier, l'emplit d'une terreur sacrée,
d'une piété tremblante, plus encore que la pâleur
tout unie du visage, où la pourpre n'éclate

qu'aux lèvres, la splendeur des yeux, sombres et brillants comme une nuit d'été, les fauves lueurs des cheveux, ni blonds ni noirs, mais d'une étrange couleur de cuivre rouge, plus que toute cette séduction souveraine qui le brûle de si torturants désirs. Et, à voir ce fantôme, l'émotion le fait haleter :

— Ah! si le diable peut être ainsi, que je sois damné!

Mais, aussitôt, il se dresse, épouvanté du blasphème. Il n'a rien dit. Ses lèvres n'ont rien formulé : il n'est coupable qu'en pensée.

Tout s'est dissipé. L'ogive de la fenêtre se découpe, à présent, d'un gris de perle : c'est le jour.

Hugues retombe sur son lit; la raison lui revient, un peu de calme. Il comprend qu'il n'y a rien de diabolique dans tout cela, qu'un exorcisme ne le délivrerait pas, mais qu'il est follement épris, sans rémission et sans espoir, d'un être inconnu et insaisissable, que la mort est son seul salut.

Ce jour-là surtout, la vie, il lui semble, est impossible à supporter : c'est comme un poids trop lourd qui pèse sur sa poitrine, gêne sa respiration.

Eh bien, oui, il mourra. Au prochain combat, il se fera tuer; mais, auparavant, il tentera quelque chose : il fera un vœu.

Tout s'éclaire maintenant dans la chambre : le chevet doré du lit, les murs fleuris de peintures, les carreaux émaillés du sol, le tapis sarrasinois, sur lequel gît la belle couverture brodée. Le drap de fine soie est tombé de l'autre côté. Hugues, dans sa fièvre, a tout bouleversé; il est nu sur son lit, cherche en vain à se couvrir, ne trouve aucun vêtement. Du drap, qu'il ramasse, il s'enveloppe, comme un Romain dans sa toge, et court à la fenêtre qu'il ouvre.

La ville est silencieuse et déserte encore, toute sombre sous le ciel délicatement rose.

Les terrasses des maisons s'étagent, et l'on voit des Arabes qui dorment là, enveloppés dans des couvertures rayées. Quelques-uns s'étirent et bâillent, clignant des yeux, devant la lueur du ciel et se grattant la tête.

Une cloche commence à sonner matines au très prochain couvent de Sainte-Anne, et, de tous côtés, des sons plus graves lui répondent. A ces voix pieuses, le chevalier s'agenouille pour faire sa prière. Mais il la récite distraitement, des lèvres seulement, tandis qu'il pense que ce n'est pas l'heure encore où son écuyer a coutume de venir lui secouer l'oreiller pour l'éveiller. Impatient, il se relève, déverrouille les portes, fait un grand tapage. Bientôt des valets se précipitent, effarés, à peine vêtus, du regard interrogeant le maître.

— Qu'on appelle Urbain.

L'écuyer ne tarde pas à paraître, mal ajusté, les yeux troubles de sommeil. Urbain est un très jeune homme aux bonnes joues fraîches, à l'air à la fois naïf et malin.

— Mon seigneur serait-il malade? demande-t-il.

— Non, j'ai hâte de sortir : habillez-moi.

— En armes? interroge Urbain, s'imaginant qu'il s'agit de quelque querelle à vider.

— Une robe à la mode syrienne, très simple, et une kéfié blanche, répond Hugues.

Les valets ont apporté une vasque de faïence émaillée, ornée d'inscriptions et d'arabesques couleur de lait sur un fond vert turquoise, des aiguières d'eau fraîche, des savons d'Antioche, des essences rares. Mais le chevalier repousse les parfums.

— Je vais en pèlerinage, dit-il.

Sa toilette terminée, le voici dans les rues de Jérusalem, suivi de son écuyer, portant, à pleins bras, une provision de cierges.

L'hôtel où logeait le comte de Césarée, quand il résidait dans la ville sainte, était situé vers le centre de la cité, sur la colline d'Acra, à l'angle d'une place assez vaste. Le chevalier traversa cette place et, tout de suite, s'engagea dans d'étroites ruelles, enchevêtrées, dont les pentes raides et ravinées s'entrecoupaient d'escaliers, de pierre ou de terre battue, passaient sous des voûtes sombres, sous les saillies des maisons. Il descendit rapidement vers la basse ville, du côté de la porte de Josaphat et atteignit le grand réservoir qu'on appelait aux temps bibliques la Piscine Probatique. Il avait devant lui la façade très simple de l'église Sainte-Anne, avec sa porte à ogives, dans le tympan de laquelle, encadrée d'oves et de billettes disposées en damier, apparaissait, sculptée en bas-relief, la mère de la Vierge Marie.

Hugues entra dans l'église, suivi d'Urbain, qui alluma un cierge à la lampe du parvis et le donna à son maître.

Les trois nefs étaient désertes; les pas y sonnaient longuement. Le jeune homme s'agenouilla
un instant devant le maître-autel; mais ce
n'était pas là qu'il voulait formuler son vœu. Il
revint sur ses pas, vers un escalier bordé d'une
balustrade de pierre, qui, d'un des bas-côtés de
l'église, s'enfonçait dans le sol, et il descendit les
vingt-deux marches qui aboutissaient à un souterrain creusé dans le rocher.

Quatre lampes éclairaient ce lieu voûté, où
persistait un parfum d'encens, mêlé à une odeur
de moisissure. Il était de forme irrégulière, et le
roc vif apparaissait par places, entre des peintures
à fresques. Un autel en pierre grise s'adossait,
au fond, à la paroi de la grotte, et, au-dessus, un
groupe en bois, sculpté et peint de couleurs natu-
relles, représentait saint Joachim, sainte Anne
et, entre eux, tout enfant, Marie, essayant ses
premiers pas.

Hugues s'agenouilla au pied de l'autel et, à
haute voix, improvisa sa prière :

— « O Marie! glorieuse Vierge qui êtes née
en ce lieu même où mon humble voix résonne;
vous que le roi du ciel a bénie entre toutes les
créatures, que l'ange Gabriel a visitée, qui avez

donné le jour au sauveur du monde, à Bethléem,
tandis qu'une étoile belle et claire luisait au ciel
et que les pastoureaux sonnaient des chants de
joie dans leurs cors, vous qui avez eu le cœur
percé de sept glaives et, pour cela, êtes si compa-
tissante à nos douleurs; ô vous qui savez tout!
vous savez que la peine que je porte est trop
lourde pour ma faiblesse, et, comme votre divin
fils, quand sa croix trop pesante meurtrissait son
épaule, obtint l'aide de Siméon, j'espère en votre
secours pour être allégé de mon fardeau. O
reine du ciel! recevez mon vœu, faites-le bien
accueillir de Celui qui peut tous les miracles, qui
a ressuscité Lazare, changé l'eau en vin et mul-
tiplié les pains.

« Voici : Je demande cette grâce : Qu'une fois
seulement mes yeux revoient celle qui les a
rendus aveugles à toute beauté, qu'un instant
je puisse la contempler encore, et que je meure
aussitôt après. Je jure, ô sainte mère du Christ!
qu'au combat je ne ferai nul pas en arrière pour
mon salut, que je tiendrai tête aux ennemis du
Seigneur, fussent-ils cent contre moi seul, et
que je me ferai tuer pour sa gloire. Prends en
pitié ma faiblesse, ô très bienfaisante! exauce-

moi et pardonne à la folie de ma requête, qui ne mériterait pas même d'être écoutée. »

Il récita encore plusieurs *Ave*, planta le cierge qu'il tenait tout allumé dans un chandelier. Puis il sortit de l'église par une porte latérale.

Il suivit la rue de Sainte-Anne jusqu'à la rue de Josaphat et arriva devant le massif, taillé dans le roc, de la forteresse Antonia, où des vestiges d'antiques murailles étaient visibles encore parmi l'échelonnement des constructions de différents âges.

Plus bas se groupaient des bains arabes, des écoles et plusieurs luxueux hôtels appartenant aux barons et aux chevaliers. Un long passage, voûté en ogive, s'enfonçait sous la forteresse, Hugues s'y engagea et déboucha bientôt sur le parvis du Temple.

La cour du Temple s'étendait, belle et vaste, longue de deux portées d'arc et large d'une, toute pavée de dalles, soigneusement lavées, qui étaient pour la plupart le roc même du mont Moriah ; des arcades, formant cloître, s'appuyaient à la puissante muraille de l'enceinte sacrée, faisant le tour de la place, et vers le milieu du parvis, sur un terre-plein, soutenu par des murs très forts, s'élevait, léger, harmonieux et grandiose, le Temple du Seigneur.

L'ancienne mosquée d'Omar, construite sur l'emplacement du Temple de Salomon, devenue le Temple du Seigneur depuis que les chrétiens avaient conquis la ville, était une rotonde à huit pans coupés, revêtue de marbres et de mosaïques. La toiture, formée par une terrasse bordée d'arceaux à jours, entourait le tambour central, percé de hautes fenêtres, qui supportait la coupole. Celle-ci, allongée en forme d'œuf, était couverte de lames de plomb et surmontée de la grande croix d'or, qui remplaçait le croissant abattu.

Hugues traversa l'esplanade, que l'on nommait le Pavement, et, suivi d'Urbain, monta un des larges escaliers, terminés par de légers portiques, qui conduisaient à la plate-forme du Temple. Celle-ci était pavée de marbre blanc, et l'on voyait, à l'un de ses angles, l'abbaye des chanoines de Saint-Augustin, desservants du Temple.

Quatre portes, disposées en croix, donnaient accès dans le sanctuaire. Le chevalier y entra par celle qui regarde le nord, la Porte du Paradis, comme les infidèles la nommaient.

On ne pouvait pénétrer sans une émotion in-

tense dans ce lieu vénérable où tant de souvenirs se réunissaient en un faisceau si glorieux. On
était saisi de respect, dans ce demi-jour plein de
mystère, au milieu de ces puissants parfums, dont
les marbres et les porphyres semblaient imbibés,
dans ce silence, sonore au moindre heurt et retentissant jusqu'au faîte de la coupole, comme si le
ciel faisait écho.

Sur les murailles, de merveilleuses mosaïques
représentaient des fleurs, des fruits, d'inextricables arabesques, où le regard se perdait. Des
colonnes, de tous styles, faites des marbres les
plus divers, formaient trois cercles, trois enceintes,
que fermaient les ramages ajourés des grilles d'or,
autour de l'autel, placé au centre de l'édifice, sous
la vertigineuse coupole.

L'autel, construit par les croisés, s'appuyait à
un roc nu qui surgissait du sol. C'était la Pierre
sacrée et miraculeuse, célèbre depuis tant de siècles.

Sur cette roche, Abraham avait dressé le bûcher
où il voulait sacrifier son fils; David, plus tard,
y éleva un autel, et, autour d'elle, Salomon édifia
son Temple; pendant quatre siècles, sur cette
pierre, l'Arche d'alliance reposa. Au temps où

Jésus enfant venait discuter avec les docteurs de la loi, un voile de pourpre environnait la roche sacrée, fermant ainsi la troisième enceinte, qui était le Saint des Saints.

. Les offices n'étaient pas commencés encore quand le comte de Césarée s'agenouilla auprès de la roche sainte. Quelques frères servants, seulement, disposaient les ornements de l'autel. Le pèlerin redit son vœu, à haute voix, dans une si ardente prière, que les jeunes sous-diacres, interrompant leur besogne, écoutèrent avec une surprise craintive; puis il baisa la Pierre auguste et se releva.

. Il quitta le sanctuaire par la porte de l'Orient, qui donnait dans une chapelle dédiée à saint Jacques le Mineur. Elle était construite à la place même où l'apôtre martyr, précipité du sommet du Temple, tomba expirant. C'est là aussi que Jésus chassa les vendeurs, et sauva la femme adultère.

Après une courte oraison à saint Jacques, Hugues redescendit, de la haute plate-forme, au Pavement du grand parvis, il marcha vers le rempart de la ville, qui, du côté de l'orient, bordait la place. Il voulait saluer les Portes d'Or, dont les trois arches magnifiques s'élevaient à cet endroit.

Les portes étaient murées, maintenant, et ne s'ouvraient que le jour de Pâques fleuries, pour laisser passer une procession.

Le chevalier mit un genou en terre, sur ce seuil illustre, et chercha à revoir, par l'esprit, la scène qui s'était passée là, près de douze siècles auparavant : le Sauveur, monté sur une ânesse, entrant à Jérusalem par les Portes d'Or, le peuple, accouru à sa rencontre, l'acclamant, jetant des branches vertes sous ses pas.

Quand il se remit en route, Hugues s'aperçut que son écuyer ne l'avait pas suivi. Il le chercha des yeux, avec surprise et impatience, et finit par le découvrir sur les dernières marches d'un des escaliers de l'esplanade, profondément endormi, au milieu d'un écroulement de cierges.

— Mécréant! est-ce ainsi que tu fais ton service? s'écria-t-il en l'éveillant d'un coup de pied.

Devant le visage irrité de son seigneur, Urbain retrouva subitement toute sa lucidité. Il se releva, les mains jointes, d'un air plein de contrition :

— Ah! monseigneur, dit-il, dans l'intérêt de votre vœu, ne vous laissez pas entraîner à une juste colère : elle pourrait mécontenter Notre-Seigneur Jésus, le très miséricordieux.

Hugues haussa les épaules en souriant et s'éloigna, sans rien ajouter, tandis que l'écuyer ramassait les cierges et courait pour le rejoindre.

Le comte retournait sur ses pas, et il quitta l'enceinte du Temple par le passage voûté qu'il avait pris pour y entrer; il voulait refaire, à partir de ce point, le chemin que le Sauveur, si péniblement, avait suivi pour aller à la mort. Il s'arrêta donc au milieu des constructions élevées sur l'emplacement de la forteresse Antonia, à l'endroit où avait été le prétoire de Pilate. Là, Jésus fut condamné, couronné d'épines et chargé de la croix; de là, il commença la route douloureuse.

Le point où le Maître tomba pour la première fois sous le poids de la croix, est marqué par une antique colonne, cassée en deux et couchée contre une muraille, à l'issue de la rue Josaphat, là où elle se termine dans une rue transversale qui vient de la Porte des Pèlerins. Hugues, prosterné sur le sol, les bras grands ouverts, cria avec véhémence :.

— Moi aussi, Seigneur, je porte une croix trop lourde pour ma faiblesse! Puisque je ne puis pas la rejeter, fais qu'elle soit, comme la tienne, l'instrument de mon supplice et me donne le repos de la mort!

Plus loin, il entra dans une ruelle, en souvenir de la rencontre de Jésus avec sa mère désolée. Puis il gagna la rue du Saint-Sépulcre, à l'entrée de laquelle Simon le Cyrénéen fut requis pour porter la croix du Christ.

Les rues étaient toujours étroites, inégales, coupées d'escaliers et de ravins. L'écuyer, qui, sous sa charge, buttait souvent, maugréait, et s'étonnait tout bas que le Seigneur, qui eût pu choisir pour y vivre le plus beau pays du monde, eût élu de préférence cette vilaine et sombre cité et il fredonnait la chanson, composée jadis, sur pareil sujet, par Robert le Frison.

> Pourquoi s'hébergea-t-il en cette Sinaïe ?...
> Ce devrait être ici bonne terre bénie;
> Encens y devrait croître, et l'or, et la rubie,
> La myrrhe et le gingembre et la rose florie,
>
> . . . .
>
> Ah! mieux j'aime d'Arras la grand châtellenie!

A une centaine de pas plus avant dans la même voie, à l'endroit où une voûte enjambe la rue, un fragment de colonne, encastré dans le pavé, indique la place où s'élevait la maison de Véronique. C'est là que la pieuse femme vint essuyer le visage, tout couvert de sang et de poussière, du divin condamné et que s'accomplit le miracle de l'image du Sauveur empreinte sur le linge. Hugues ne s'arrêta là qu'un instant.

De puissantes vibrations de bronze roulaient, à présent, sur la ville : toutes les cloches sonnaient la messe matinale; les habitants, éveillés, bruissaient, dans les échoppes qu'ils ouvraient, sortaient de tous les côtés à la fois, emplissaient la cité. Déjà on avait peine à circuler dans la rue grimpante et peu large ; des âniers, à grandes enjambées qui tendaient sur leurs mollets bruns leur chemise de toile bleue, se hâtaient vers les marchés, poussant devant eux leurs bêtes, ensevelies sous des bottes de légumes et d'herbes, si volumineuses qu'elles touchaient à la fois les deux murs de la rue. D'immenses paniers, pleins de volailles piaillantes et d'où sortaient, en s'agitant les longs cous des oies, accrochaient des mannes où luisaient de grands poissons, et d'inextricables bagarres, traversées de cris gutturaux, de coups de trique, d'imprécations et de menaces, barraient le passage pendant de longs moments. Au carrefour formé par la rue du Sépulcre et la rue Saint-Étienne, la cohue se compliquant encore d'un troupeau qui entrait dans la ville. Hugues, impatienté, renonça à l'itinéraire qu'il s'était tracé et, brusquement, tourna à gauche.

C'était un long détour, pour gagner le Saint-Sépulcre, dernière station de son pèlerinage; mais on pouvait avancer plus vite dans la rue, relativement tranquille. Il traversa le change des Syriens, là où s'ouvrent aussi les échoppes des orfèvres, qui travaillent et battent le métal, accroupis au milieu des chaudes rutilences de leur étalage. Quelques pas plus loin, il jeta un regard aux alcôves de pierres, creusées au flanc des maisons, où l'on vendait les Palmes Idumées, ces preuves du saint pèlerinage si chères à tous ceux qui retournaient en Occident. Ces palmes étaient frettées, c'est-à-dire soigneusement entourées, pour se mieux conserver, de fils d'argent et de fils de soie.

Hugues passa, sans y entrer, devant l'abbaye des moines noirs de Sainte-Marie-Latine, puis devant celle des nonnes de Sainte-Marie-la-Grande; ensuite il longea les murailles de l'Hôpital et, bientôt, s'engagea sous les voûtes ogivales de la rue Malcuisinat, qui, d'un côté, s'appuyait au domaine des Hospitaliers. Sous ce couvert, où les voix et les pas retentissaient, flottait une épaisse fumée et une âcre odeur de graisse et de friture. C'était là que l'on cuisait les viandes, pour les vendre à la foule des pèlerins. De tous côtés, les âtres s'allumaient, les charbons pétillaient, et les quartiers de chair embrochés grésillaient en laissant couler leur jus.

Déjà de nombreux pèlerins mangeaient, accroupis par terre, assis sur leurs talons, ou les genoux relevés leur servant de table. D'autres s'étaient livrés aux barbiers, établis aussi dans cette rue, qui leur savonnaient la tête vigoureusement, les délivraient, autant qu'il était possible, de la vermine.

Urbain, péniblement, se traînait derrière son maître, et son appétit matinal était vivement sollicité par ces chaudes odeurs de victuailles. Il ne put résister et, tirant tout à coup un denier de sa ceinture, il accota son paquet de cierges à l'échoppe d'un rôtisseur et acheta une brochette de mouton coupé en petits carrés. Il les dévora, tout en courant, se brûlant les doigts et se graissant la figure, tandis que, par-dessus les têtes, il regardait, loin devant lui, pour ne pas perdre de vue son seigneur. Il le rejoignit dans la rue Couverte, qui faisait suite à la rue Mal-cuisinat. Dans ces nouvelles galeries voûtées qui, par des travées, communiquaient avec le marché aux Herbes où se tenaient les marchands de fruits, de légumes et d'épices, les drapiers syriens avaient leurs boutiques, et l'on fabriquait les chandelles de cire.

Le chevalier déboucha enfin, à ciel ouvert, dans une rue transversale : la rue de David, et tournant à angle droit, il la suivit, en longeant une autre face de l'Hôpital. Loin devant ses yeux il voyait, au delà d'une grande place pleine de foule, où se tenait le marché au blé, la majes-tueuse masse du fort de David et les créneaux des remparts de la ville. Dans la baie cintrée de la porte ouverte, l'étrange silhouette des cha-meaux de charge, avec le feston de leur cou reployé, leur dos bossu et leur lèvre pendante, se profilait, sur la grande lumière fuyante de la campagne. Mais Hugues, bientôt, tourna à droite, dans la rue du Patriarche, où un encombrement l'arrêta encore.

C'était un convoi de vivres qui entrait dans une cour de l'Hôpital. Sous l'arceau sculpté du por-

tail, deux frères Hospitaliers, vêtus de noir avec
la croix blanche à huit branches sur l'épaule
gauche, maintenaient l'ordre, autant que possible, et comptaient les mules qui passaient le
seuil. Le convoi était long, en proportion de ce
qu'il y avait, dans ce domaine, de gens à nourrir.
Le nombre des malades seuls, que l'on soignait
dans les grandes salles de pierre, belles comme des
cathédrales, atteignait, quelquefois, deux mille,
si bien qu'il arrivait aussi que l'on emportait cinquante morts dans la même journée. Les pèlerins
que l'on accueillait étaient innombrables, sans,
parler des chevaliers Hospitaliers eux-mêmes, de'
leurs écuyers et de leurs valets.

L'enceinte du Saint-Sépulcre n'était séparée
des murailles de l'Hôpital que par une ruelle en
contre-bas, où l'on descendait, de la rue du
Patriarche, par une vingtaine de larges marches.
Après avoir fait quelques pas dans la ruelle, on
atteignait la maîtresse porte de l'enceinte, qui
s'ouvrait sur le parvis.

La Basilique, le Calvaire, un grand nombre
d'églises et de chapelles, le cloître et les logements des chanoines et des prêtres des différents
rites, formaient une masse confuse de construc-

tions disparates, dont le désordre était dominé par la puissante coupole qui recouvrait le Saint-Tombeau.

La façade de la Basilique apparaissait, dans un angle, au fond de la place pavée de marbre, massive et simple dans son ensemble, avec une double porte, presque en plein cintre, aux arcades formées de trois archivoltes, s'appuyant sur de minces colonnes et surmontée de deux grandes fenêtres. Au-dessous des tympans étaient des bas-reliefs, si merveilleusement sculptés que l'on n'avait encore rien vu de pareil, et que les personnages, à ce que chacun disait, semblaient vivants. Ces bas-reliefs représentaient des sujets pris au Nouveau Testament : la Cène, l'Entrée à Jérusalem, Lazare sortant du tombeau. La résurrection avait lieu devant un groupe de spectateurs, que l'odeur de la mort incommodait, sans doute, car tous se bouchaient le nez. A côté de l'église, en retour sur le parvis, montait le clocher neuf, carré, percé d'ogives, terminé par des créneaux et un dôme octogonal. Au moment où le comte de Césarée franchissait le portail de la cour, le bruit d'une violente altercation l'arrêta sur le seuil, dans un sursaut de surprise et de colère.

— Comment, murmura-t-il, quelqu'un ose élever la voix ici où notre divin Jésus cria vers son père, en expirant?

— Monseigneur, dit Urbain, ce sont des pèlerins qui se disputent; ils ont la figure cramoisie et se montrent le poing; bien sûr, ils vont se battre.

Un vieux moine, en reconnaissant un des grands barons du royaume, accourut vers Hugues.

— Ah! quel scandale! s'écria-t-il : c'est un prêtre de Franconie qui le cause. Venez, seigneur : vous apaiserez peut-être ce mauvais chrétien.

Le rassemblement avait lieu à droite de la cour, dans l'angle formé par la Basilique et la chapelle de Saint-Jean-Baptiste. On voyait à cet endroit plusieurs tombeaux, et c'était devant l'un d'eux — un sarcophage de pierre — que le religieux allemand, et un pèlerin venu de France, prêts à se ruer l'un sur l'autre, se soufflaient au visage de furieuses paroles. On faisait cercle autour d'eux. Hugues s'approcha, cherchant à démêler le sens de la querelle.

— Qu'est-ce que tu en sais, vantard? criait le

pèlerin français. Tu n'étais pas de ce monde
quand on a pris la ville et que celui-ci est
mort!

— Ose donc dire qu'on n'a pas gratté l'inscription, qui était sur le tombeau, pour la recouvrir
d'une autre et cacher ainsi la vérité sous le mensonge!

— C'est toi qui mens.

— Ce tombeau est celui de Wigger; c'est là la
vérité; mais elle ne plaît à personne.

— Il ne nous gêne guère, pourtant, ton
Wigger, dont la valeur n'est connue que de
toi.

— Il vous gêne si bien que vous effacez son
nom pour mieux vilipender les Allemands et
exalter les Français. Ce nom était la preuve que
ceux de notre nation marchaient les premiers au
combat.

— Ah! ah! ils se sont donc envolés après la victoire, ces vaillants chevaliers, sans rien réclamer
du butin? Car pas un carré du sol n'est à eux dans
Jérusalem.

— Parce qu'ils n'ont rien demandé, tant ils
avaient hâte de regagner leur pays. Aussi l'on
a tout distribué aux Français, aux Normands

5.

assiilles, aux Lorrains, aux Provençaux, aux Auvergnats, aux Italiens, aux Espagnols et aux Bourguignons, ce qui n'empêche que ce sont les Allemands qui ont pris la ville, et votre Godefroy même, lui aussi, était de notre nation.

Un rire général accueillit cette déclaration, et le pèlerin français leva le bras vers une inscription, gravée dans la pierre, au-dessus de la chapelle. Elle était ainsi :

FRANCORUM EXPUGNATORIBUS IVS.

DE SECKEUR RESPLENDISSANT NÉ DE LA VIERGE.

HAC QUALEM NUNC... LA TOMBÉE... DE ROBERT

DE HUGUES.

LES FRANÇAIS PRENNENT JÉRUSALEM PAR LEUR PUISSANT COURAGE.

Ceux qui ont écrit cela, étaient donc des menteurs et des voleurs ?...

Relevant sa cagoule de pèlerin, le Franc on en, d'un bond, s'élança sur le sarcophage, et d'ôta un rude coup de poignard, il gratta une pierre, et écrivit, au dessous de l'inscription française :

Ce ne sont pas les Français, mais les Franco-niens, plus puissants par le glaive, qui ont délivré Jérusalem la Sainte, longtemps captive de diffé-rents païens. Franconiens et non Français Wigger, Guntram et Gottfried le duc.

Le fait est ainsi, et sa véracité est parfaitement établie.

Des huées éclatèrent. Les pèlerins lancèrent leur gourde à la tête de l'Allemand; quelques pierres volèrent; mais le forcené, dont le front saignait, ne se taisait pas.

— Oui, c'est là la vérité, hurlait-il, c'est nous qui avons pris la ville, et cette terre de chré-tienté, il y a longtemps que ses limites s'éten-draient jusqu'au Nil, au sud, et au delà de Damas, au nord, s'il était resté autant d'Alle-mands ici que de vos espèces!...

Hugues, fendant la foule, s'avança.

— N'avez-vous pas honte, s'écria-t-il, vous chrétien et prêtre, de tenir une telle conduite dans un lieu aussi sacré que celui-ci?... A quel-ques pas, les bourreaux du Sauveur se sont par-tagé ses vêtements, et voilà qu'un de ceux pour qui il est mort, vient disputer à ses frères la vanité d'une gloire terrestre! C'est du triomphe qu'il faut se réjouir et non pas de l'éclat qui peut rejaillir sur l'un ou sur l'autre. Le noble duc Godefroy n'a-t-il pas refusé de porter la couronne, dans la ville où le divin Maître a été couronné d'épines?

— C'est vrai : mieux vaut se taire, dit le prêtre en sautant à bas du sarcophage. Les paroles sont vaines et fugitives.

D'autres avaient pris sa place sur le tombeau et rayaient ce qu'il venait d'écrire.

— Qu'importe? s'écria-t-il en s'éloignant. Les monuments s'écroulent, les pierres s'émiettent; le parchemin sera plus fidèle, et moi, Jean de Wurzbourg, j'écrirai la vérité, pour que l'avenir la sache.

Et il quitta le parvis, en secouant la tête d'un air de défi et de dédain.

Laissant les curieux accrus, se redire et commenter l'incident, le comte de Césarée se dirigea à droite de la cour et entra, pour y mettre un cierge, dans la chapelle de la Trinité, là où avaient lieu tous les mariages et tous les baptêmes de la ville. En en ressortant, il s'enfonça sous des galeries très sombres, formées par les voûtes et les piliers trapus, soutenant la plate-forme artificielle qui prolongeait le sommet du Calvaire en lui donnant une forme régulière, et il gravit l'escalier conduisant dans l'intérieur du sanctuaire, construit sur le lieu très sacré où le Sauveur a rendu l'âme.

Prosterné devant la place même où la croix fut érigée, le chevalier, en pleurant, redit encore une fois son vœu.

Un cercle d'argent entourait le creux dans lequel s'enfonça le bois du supplice; les fidèles, maintenant, y jetaient leurs offrandes. De chaque côté, la place des deux larrons était marquée dans le sol par un disque de marbre noir.

Le pèlerin se releva, et, pour gagner le chœur de la Basilique, il passa auprès de la fissure miraculeuse qui se forma dans le rocher, au moment où le Seigneur rendit l'esprit, et par laquelle son sang coula, s'infiltra jusqu'à une grotte, sous la montagne, où Noé avait déposé le crâne d'Adam.

Lorsque Hugues plia le genou à cette place vénérable, un rayon de soleil, traversant le vitrail, répandit comme un ruisseau de sang sur le sol et jusqu'à la fissure, où il sembla s'enfoncer. Le jeune homme, frémissant d'émotion, joignit les mains et les tendit vers le ciel, car cela lui parut un signe certain que son vœu serait exaucé.

Dans le clocher neuf, la grosse cloche sonnait la messe, et sa voix sombre dominait le clair carillon des chapelles.

Hugues descendit un escalier tout proche qui donnait accès dans l'église, et il y entra à la gauche du maître-autel. La Basilique, vaste, haute, illustrée de fresques et rutilante de mosaïques, était déjà pleine de fidèles. Les chanoines, rangés à leurs places, entonnaient un chant; le Patriarche montait à l'autel, et la messe commençait.

A l'autre extrémité de l'église, dans les chapelles ouvertes sur la rotonde qui entoure le Saint-Sépulcre et appartenant aux Grecs, aux Jacobites, aux Syriens, on officiait simultanément, selon les différents rites; dans quelques-unes, aux sons des trompettes, ou au claquement des symandres de bois; cela produisait un grand tumulte, mais on y était accoutumé.

Le chevalier écouta la messe avec recueillement, les regards fixés sur un tableau, en mosaïque à fond d'or, qui représentait le Christ bri-

sant les portes de l'enfer pour arracher aux
flammes Adam, le premier homme. La messe
dite, il traversa l'église, fit une génuflexion au
milieu du chœur, devant le point que l'on dit
être le Centre, l'Ombilic du monde, puis il baisa
la Pierre de l'Onction, sur laquelle on lava avec
des parfums le corps du Sauveur, avant de l'en-
sevelir, et, enfin, gagna la grande rotonde qui
entoure le Saint-Tombeau, dernière station de
son pèlerinage.

Cette rotonde était bordée de piliers massifs,
soutenant deux étages de galeries, ornées d'arcades ogivales, et au-dessus s'arrondissait le
dôme, percé en haut d'une ouverture par laquelle
on voyait le ciel. Directement au-dessous était
l'édicule, surmonté d'un clocheton à jour, qui
recouvrait la grotte sépulcrale.

Hugues se courba pour passer sous la porte
cintrée, il pénétra dans une première salle voûtée
où était la pierre sur laquelle l'ange s'est assis,
et, de là, par une ouverture basse et étroite, il
entra dans le lieu auguste entre tous.

Quarante lampes d'or, suspendues par des
chaînes, y brûlaient nuit et jour, tellement que
le plafond en était tout noirci. Les murs bril-

laient, revêtus de belles mosaïques, dégradées
cependant à différentes places par les larcins
pieux des pèlerins. A droite, dans un angle, recouvert de plaques de marbre, le sarcophage, taillé
dans le roc, qui a, pendant trois jours, enfermé
le corps de l'Homme-Dieu, miroitait sous les
lampes.

Le chevalier alluma à l'entour tous les cierges
que portait Urbain, puis baisa le rocher, à travers
les ouvertures rondes ménagées à cet effet dans
le marbre.

Il s'abîma enfin, dans une longue, ardente et
douloureuse prière, le front appuyé sur le rebord
glacé du tombeau, qui communiqua à son sang
quelque chose du calme et du froid de la mort.

III

Hugues revint chez lui assez las, sous un soleil déjà brûlant; mais il se sentait apaisé, moins rebelle à la vie, comme certain d'être exaucé.

Son hôtel, ainsi que la plupart de ceux habités par les nobles chevaliers, à Jérusalem, était construit à l'orientale. Il avait deux étages à cause de l'espace restreint, et portait sur différents niveaux de terrain. Le rez-de-chaussée était occupé par les cuisines, les écuries, les logements des serviteurs; un escalier extérieur conduisait à une cour centrale sur laquelle s'ouvraient les salles principales de l'habitation. Cette cour, pavée en pierres de diverses couleurs, avait à son centre un bassin d'où s'élançait un jet d'eau, qui,

6

en retombant, éclaboussait quelques rosiers en
fleurs.

Le comte de Césarée alla s'étendre, dans une
des salles, ouvrant sur la cour par un portique,
sur un large divan recouvert d'un tapis de Bagdad.
Mais à peine y était-il, soupirant d'aise au bien-
être de son corps, que l'écuyer Urbain reparut,
annonçant qu'un esclave, avec un message secret,
attendait depuis longtemps.

— Eh bien, qu'il vienne ici, dit Hugues en
bâillant.

Le messager entra. C'était un eunuque abyssin,
à la peau de bronze, vêtu de pourpre. Il déposa
près du divan un riche coffret, puis se retira sans
une parole.

Mais le comte avait eu le temps de reconnaître
un esclave au service de la princesse Sybille; et il
s'était relevé vivement.

Maintenant, il tenait le coffret entre ses mains,
le regardant fixement, presque avec effroi. C'était
une jolie boîte en marqueterie, ayant la forme
d'un reliquaire, avec deux poignées dorées, à
l'une desquelles était attachée une petite clef. Le
jeune homme la détacha; mais il ne se hâtait
guère d'ouvrir. Il réfléchissait très profondément,

inquiet, perplexé. Enfin, il fit tourner la clef dans la serrure, souleva le couvercle et tira du coffret une étoffe ployée, qu'il déroula. C'était une manche de femme, très longue, en drap de soie couleur d'azur, ramagée de filets d'or.

— C'est bien ce que je pensais, murmura-t-il. Depuis longtemps, son regard me poursuit, et sa parole me caresse; je feins d'être aveugle et sourd; mais elle ne se lasse pas, et voici qu'elle m'envoie un gage d'amour : ses couleurs, dans le désir que je les porte, que je me déclare son chevalier. Et comment puis-je l'être, moi, captif d'une passion coupable?...

Il froissait machinalement l'étoffe entre ses doigts, restait pensif, le front baissé, comme vaincu par l'inextricable danger de cette simple aventure.

Tout à coup, il eut la sensation que quelqu'un, qu'il n'avait pas entendu venir, était auprès de lui; il releva la tête vivement.

— Vous! connétable! s'écria-t-il. Comment ne vous a-t-on pas annoncé?...

— C'est moi qui n'ai pas voulu l'être, dit Homphroy du Toron.

Et, comme Hugues cherchait à dissimuler la manche couleur d'azur, il ajouta :

— Ne cachez pas ce gage : c'est à cause de lui que je suis venu.

— Voici un aveu bien étrange, s'écria Hugues, qui se leva, les sourcils froncés.

Mais, devant la tendre jeunesse de ce rival, qui rougissait en même temps de timidité et de colère, il se calma, se remit sur le divan et fit asseoir Homphroy à côté de lui.

— Expliquez-vous, messire, dit-il : je vous entendrai avec patience.

Homphroy, les yeux baissés, mordait ses lèvres, ne sachant par où commencer. Enfin, il dit d'une voix sourde, sans regarder Hugues :

— Vous savez, comme tous le savent, que je suis, par héritage, maître d'un des plus grands fiefs du royaume, dont les revenus sont considérables et m'apportent une richesse extrême. C'est pour cela, plutôt qu'à cause de mes mérites qui sont très faibles, que je suis pourvu d'une des plus hautes charges de la cour et que le roi notre sire me traite avec grande faveur. Je le dis avec certitude, il verrait sans déplaisir une alliance de sa royale lignée, avec ma maison, et il m'aurait déjà octroyé son consentement si j'avais eu l'agrément de la princesse. Mais c'est cela que je ne peux obtenir, malgré tous mes efforts... Et voilà qu'elle vous choisit pour son chevalier! qu'elle vous envoie un gage de sa foi!... Non! non! vous n'accrocherez pas cette manche à votre épaule : je ne le veux pas, je vous défends.de la porter.

— Bien que vous ayez quitté vos enfances depuis très peu de temps, dit Hugues, sans élever la voix, vous êtes aussi vaillant et robuste qu'aucun homme fait. Je ne refuserai donc pas de combattre avec vous en prétextant votre jeunesse, car je sais ce que valent vos coups. Et cependant c'est avec grande douleur que je tirerai l'épée contre un chrétien, contre un compagnon d'armes. Votre vie m'est plus chère, je vous le jure, que ce précieux gage, que je n'attendais pas et que je n'ai nullement mérité.

— Ah! Je n'ai que cette espérance : peut-être n'aimez-vous pas celle qui vous aime... Si vous l'aimez... alors il faudrait tremper de sang l'azur de cette étoffe, car, moi vivant, nul ne portera les couleurs de Sybille.

La voix du jeune homme s'entrecoupait; ses paroles sortaient avec peine de sa gorge serrée. Tout à coup, un rauque sanglot la déchira, et, dans un élan spontané, il jeta ses bras autour du cou de son rival, en criant, à travers ses pleurs :

— Hugues! Hugues! Je vous en conjure, ayez compassion de moi.

Hugues, le cœur tout remué, retint l'adolescent sur sa poitrine, baisant ses boucles brunes, s'efforçant de l'apaiser.

— Écoutez, Homphroy, dit-il. Voir pleurer un preux tel que vous, cela me cause trop grande peine, et je vais vous dire un secret qui devait n'être qu'entre Dieu et moi. Mais il faut me jurer, très solennellement, que vos lèvres toujours resteront scellées sur lui.

Homphroy se releva vivement, essuya ses longs cils noyés.

— Vous le voyez, messire, pour les larmes je ne suis qu'un enfant; mais, pour l'honneur, vous l'avez dit, je suis un homme. Je jure, sur mon salut, que jamais je ne révélerai ce que vous voudrez bien me confier.

Hugues le fit se rasseoir auprès de lui.

— Ne craignez rien de moi, dit-il. Depuis trois années déjà, mon cœur est hanté par un rêve coupable dont rien ne peut me délivrer. J'aime avec folie et douleur, sans espoir, sans désir de guérison, une femme aperçue par fraude, une femme dont je ne sais même pas le nom et qui confesse Mahomet.

— Oh! Seigneur Christ! une infidèle!

— Dieu m'accordera de mourir bientôt, dit le comte en courbant la tête.

Mais Homphroy lui saisit la main.

— Mourir! Pourquoi mourir? Plutôt faut-il la retrouver, cette païenne, vous faire aimer d'elle, l'enlever peut-être. Je vous y aiderai.

— C'est l'impossible, cela, Homphroy : la revoir et vivre, ce serait la perte de mon âme. Que Dieu exauce ma prière, et que je meure.

Le jeune connétable se rapprocha d'Hugues et lui dit presque à voix basse :

— Ce n'est pas, après tout, un tel crime d'aimer un être qui n'a pas reçu, en naissant, la même foi que nous-même, et vous n'êtes pas le premier. Nous avons conquis ce pays; mais il a, lui, conquis un peu de notre âme. Déjà nos pères étaient séduits par le luxe, par la science des Musulmans; attirés par leurs coutumes, ils les avaient presque toutes adoptées, et nous, qui tous deux sommes nés dans ce pays et parlons le langage des infidèles aussi facilement qu'eux-mêmes, nous leur ressemblons plus encore. En

lisant les relations des combats passés, nous
avons dû souvent reconnaître que nos aïeux
s'étaient montrés, dans la victoire, comme des
loups altérés de sang, tandis que les ennemis
étaient pitoyables et cléments.

Hugues songeait, en écoutant parler ainsi le
jeune homme, au mystère qui planait sur sa
naissance, et il le regardait, admirant la pâleur
fauve de son visage, ses yeux noirs et lumineux,
qui le faisaient plus semblable à un Syrien qu'à
un Franc. Et, justement, Homphroy rappelait
cet émir de Nour-ed-Din, frère d'armes de son
grand-père.

— Nul ne fut plus fidèle et plus dévoué que
lui, disait-il; il avertit plusieurs fois son frère
d'armes et le sauva de grands dangers. Mon père
vantait souvent ses mérites, sa science, la douceur de ses mœurs, qui contrastaient si fort avec
le dérèglement et la brutalité des nôtres.

— Il est vrai que, parmi nous, la corruption
est grande, dit Hugues; mais les pécheurs qui se
repentent peuvent espérer la rédemption, tandis
que, malgré leurs vertus, les infidèles seront
damnés.

— Ah! je ne puis le croire! s'écria Homphroy.

Dieu serait donc injuste? Qui peut savoir, d'ailleurs, où est le faux et où est le vrai?

— C'est offenser le Christ que d'avoir de telles pensées, s'écria Hugues, elles mettent notre salut en danger, et mieux vaut les chasser de notre esprit. Mais nous sommes loin d'être hors de peine, à propos de ce gage, que je ne puis refuser de porter sous peine d'offenser mortellement la princesse. Nos cœurs sont d'accord; comment accorder nos actes à nos désirs?

Homphroy attira à lui la manche soyeuse et la caressa du bout des doigts.

— Fiez-vous à moi, Hugues, dit-il, et tout s'arrangera.

— Je le veux, et bien volontiers, mais j'ai de très vives craintes.

— Écoutez. Quand, tout à l'heure, je suivais ce messager, j'étais résolu à lui prendre de force le coffret qu'il vous portait. J'ai redouté, au moment d'agir, un scandale en pleine cité. Mais, ce que je n'ai pas eu par la force, je peux l'obtenir par la séduction. Laissez-moi ce gage, si précieux pour moi : je le porterai ouvertement et je me charge du messager. Il avouera sous le fouet, à sa maîtresse, que je lui ai ravi le message avant

qu'il ait pu arriver jusqu'à vous, et comme je
soutiendrai son dire, on ne saurait le mettre en
doute.

— Je me livre à vous, connétable, dit Hugues,
si vous me répondez que mon honneur ne recevra
nulle atteinte en ceci.

— Je serai le champion de votre honneur,
s'écria Homphroy, qui, les yeux tout brillants de
joie, replia l'étoffe et la remit dans le coffret.

Mais il s'émut soudain au son criard d'une
trompe qui se fit entendre toute proche.

— Le temps a-t-il passé si vite? dit-il. Serait-ce
déjà l'heure du dîner? N'ai-je pas entendu corner
l'eau?

— Rassurez-vous, dit Hugues en riant; on
corne l'eau, en effet, mais c'est pour m'avertir
que mon bain est trempé et que je dois me rendre
à la piscine si je veux ne pas manquer la réception royale.

— J'ai eu les tempes mouillées de sueur à
l'idée d'avoir ainsi failli au devoir.

— Venez au bain avec moi, pour vous remettre, dit le comte. Certes, en cet hôtel étroit, mes
étuves n'approchent pas de celles qu'un célèbre
artiste syrien a décorées pour moi dans mon

palais de Césarée; elles sont cependant assez luxueuses et agréables.

— J'accepterais volontiers, car rien n'est plus plaisant que de se baigner en compagnie; mais la messe du roi va bientôt sonner, et il faut que je retrouve l'esclave abyssin avant de me rendre au château, en grand apparat, pour y conduire l'ambassadeur.

— Adieu donc, chevalier! Soyez merveilleusement prudent et circonspect en cette très difficile affaire.

— Ne craignez rien, dit Homphrey : je serais mortellement navré de tout ce qui pourrait vous nuire, car, autant je vous jalousais tout à l'heure, autant je vous aime à présent.

Les deux jeunes hommes se regardèrent en souriant, et, avant de se séparer, ils s'étreignirent et se baisèrent sur la bouche fraternellement.

IV

C'était l'heure annoncée pour la réception de l'ambassadeur, et la foule emplissait maintenant les rues de Jérusalem, se pressait aux abords de l'enceinte du Temple, qui contenait aussi le palais de Salomon : la résidence royale. On voulait au moins voir passer les barons et les chevaliers, puisqu'il n'était pas possible de pénétrer dans la grand'salle, on espérait apercevoir, peut-être, l'envoyé lui-même !

Cette ambassade d'un illustre prince syrien réjouissait beaucoup la population. Les bourgeois, préoccupés surtout de leur commerce, redoutaient les guerres, et la perspective d'une alliance leur plaisait fort. Ils savaient confusé-

ment de quoi il s'agissait : la renommée du Vieux
de la Montagne, le redoutable sorcier aux ven-
geances implacables, était venue jusqu'à eux, et
ils avaient entendu conter à son sujet de très terribles histoires.

Le brouhaha était prodigieux dans la rue de
David, au Change des Latins, et surtout dans la
rue du Temple. C'était, porté sur un bourdonne-
ment grave, un jacassement de volière, traversé
d'appels de cor, de cris, de hennissements : une
confusion joyeuse, avec des instants d'effroi,
quand des chevaliers, arrivant par les rues
étroites, bousculaient les piétons et éperonnaient
leurs chevaux cabrés.

Sous les voûtes des boutiques, les marchands,
en tuniques brunes ou grises, se tenaient debout,
les pieds au niveau de leur étalage, enviés de
tous, car ils dominaient la multitude et voyaient
par-dessus les têtes.

De belles étoffes de couleurs gaies étaient ten-
dues çà et là, d'un toit à l'autre, et palpitaient
doucement au-dessus des rues, qu'elles abritaient
du soleil. Le flot vivant, sous ces velums, apparaissait zébré de larges zones de lumière et
d'ombre qui avivaient ou éteignaient l'éclat des

costumes de fête. Ces costumes étaient extrême-
ment variés, car il y avait là toutes sortes de
races. On voyait, plus nombreux même que les
Francs, les Syriens, dont les amples vêtements
verts, pourpres ou blancs et les turbans brochés
d'or attiraient les regards. Parmi eux étaient les
chrétiens indigènes, parlant arabe, qui suivaient,
avant la conquête, la liturgie grecque, mais
s'étaient, depuis peu, soumis à Rome (en apparence seulement, à ce que donnait à entendre le
clergé latin). On usait cependant à leur égard
d'une grande tolérance, car ils tenaient toutes les
ressources du pays, adonnés qu'ils étaient à
l'agriculture, au commerce, à l'industrie; le roi
leur avait accordé même de grandes franchises
commerciales. Il y avait aussi des Syriens maro-
nites, gens très preux et d'un grand secours dans
les guerres; des Syriens jacobites, dont les prêtres s'adonnaient spécialement à la médecine; des
Syriens nestoriens, actifs et savants, initiateurs
des Francs aux sciences orientales; beaucoup d'Ar-
méniens; mais ceux-là, on ne pouvait les distin-
guer des Francs qu'à l'étrangeté de leur type, car,
en copiant les mœurs, ils avaient pris aussi les
costumes des vainqueurs. Par-dessus tout on les

aimait, car leur fidélité et leur dévouement étaient
solides ; ils prenaient part à toutes les expéditions
militaires, dans lesquelles ils avaient plusieurs
fois conquis de la gloire, tellement que les nobles
francs ne dédaignaient pas de s'allier à eux. On
voyait encore des Géorgiens, aux beaux traits
purs, au teint lumineux ; des Grecs schismati-
ques, reconnaissables à leur haut bonnet pourpre,
et un grand nombre d'Arabes, sujets des Francs,
mais restés musulmans, qui ne différaient guère,
dans leur aspect, des Syriens chrétiens.

A travers la foule, des moines et des nonnes
de différents ordres, vêtus de bleu, de noir, de
blanc, de gris ou de brun, se faisaient faire place,
et çà et là se montraient quelques Bédouins du
désert, qui, moyennant un droit de pacage,
étaient venus faire paître leurs chameaux au
creux des vallées voisines. Curieux de voir l'illustre ville, ils y étaient entrés, après s'être bouché
le nez avec un peu d'étoupe, pour éviter les
miasmes, et, très étranges dans leurs longues
abâyes en poil de chameau, ils s'empêtraient dans
la cohue et cherchaient à se dégager, avec de
grands mouvements désordonnés d'oiseaux mis
en cage.

Dans le voisinage du Temple, une seconde foule bruissait au-dessus de la première : toutes les maisons bordant la rue qui aboutissait aux Portes-Précieuses avaient leurs terrasses couvertes de monde, de femmes surtout, et la plupart voilées à la mode syrienne.

Des rires cristallins, et des pépiements pareils à ceux des oiseaux, s'envolaient de deux belles maisons neuves, se faisant face, au portail orné de stalactites. On voyait, dans chaque ogive de leurs fenêtres, des grappes d'enfants, dont les yeux et les dents brillaient, se poussant, se taquinant, se faisant mille malices. C'était l'école des garçons et l'école des filles, où les écoliers avaient une heure de congé pour regarder défiler les chevaliers. Tous les passants levaient la tête et souriaient à cette joie.

Les turcopoles et les sergents d'armes refoulaient les curieux et faisaient la place libre à l'entrée d'un petit pont qui franchissait un ruisseau à sec. Les chevaliers s'arrêtaient là, un moment; ils apaisaient leur monture, échangeaient entre eux des saluts, attendant que l'écuyer qui portait leur bannière, séparé d'eux par la foule, les eût rejoints; puis ils prenaient la

7.

file pour franchir le ruisseau et pénétraient dans l'enceinte du Temple par le double arceau des Portes-Précieuses.

La cour du Pavement scintillait au soleil, toute pleine d'éclats d'armes et de miroitements d'étoffes, car, sans compter les sergents de la cour des bourgeois et les turcopoles à cheval, qui faisaient la haie, elle était emplie par tous les privilégiés qui, par droit, ou faveur, pouvaient assister à l'audience du roi : les baillis, les vicomtes, les riches bourgeois, les écrivains, beaucoup de dames en belles toilettes.

Les femmes des poulains, comme on appelait ceux qui étaient nés de mariages entre Francs et femmes indigènes, se faisaient remarquer surtout par la richesse de leurs parures : robes de soie jaune d'or, longs manteaux traînants, voiles de couleurs claires, brodequins dorés serrant leurs pieds, colliers bruissant à leur cou ; des parfums et des fards avivaient leur teint.

Des damoiseaux s'empressaient autour des chevaliers qui mettaient pied à terre, et des esclaves noirs emmenaient les chevaux, glissant et piaffant sur les pierres lisses.

A droite du Temple du Seigneur, dont l'esplanade et la haute terrasse, autour du dôme, étaient pleines de monde, tout à l'extrémité du grand parvis, apparaissait, d'une blancheur de marbre, la longue façade du Palais de Salomon, avec ses sept portails, celui du centre haut et majestueux comme un arc de triomphe. Sous le péristyle, bariolé du frisson soyeux des bannières que les écuyers tenaient à deux mains, un instant les seigneurs s'arrêtaient, se retournant vers la place inondée de lumière et bourdonnante d'une si joyeuse cohue; puis ils s'enfonçaient sous les voûtes, qui, dans la façade ensoleillée, perçaient sept ogives d'ombre.

Immense et sonore, emplie d'un demi-jour frais et reposant, la grand'salle ressemblait beaucoup à une église. Sept travées, correspondant aux sept portes, s'enfonçaient en mystérieuses perspectives, bordées de piliers puissants, que reliaient entre eux de légères colonnades, peintes d'arabesques et rehaussées d'or. Les trois nefs centrales, très élevées, avaient leurs plafonds plats, décorés de caissons entre poutrelles, et richement ornés, tandis que des voûtes couvraient les quatre autres nefs et figuraient un ciel d'azur parsemé d'étoiles d'or. Au fond s'étendait le tran-

sept, ayant à son centre une rotonde portant une
coupole et éclairée par deux rangées de vitraux.
Quatre gros piliers soutenaient la rotonde, et,
entre eux, formant le cercle, un feston d'arcades
ogivales posait sur de fines colonnes à chapiteaux
corinthiens.

Sous le dôme revêtu d'or, dans cette salle ajou-
rée, faisant face à la nef du milieu, s'élevait le
trône royal. Il était surmonté par un dais magnifique en diaspre d'Antioche, bleu céleste, avec,
dans sa trame, des colombes tissées en fil d'or et
d'argent. Un tapis de Bagdad couvrait les degrés
et une partie du sol, interrompant le dessin de la
mosaïque qui représentait une eau transparente,
ridée par la brise et toute peuplée de poissons.

Il y avait des bancs pour les évêques, des
tabourets pour les barons et les pairs, et, non
loin du trône, un fauteuil pour l'ambassadeur.
Partout de riches étoffes drapaient les colonnes
et l'on voyait se balancer mollement, accrochés
aux voûtes, les étendards pris à l'ennemi.

Rapidement, la salle s'emplissait. Le bruit des
conversations, des rires discrets, des pas froissant le pavé de mosaïque, répercuté aux voûtes,
s'enflait et grondait. Mais le silence, subitement,

se fit quand des fanfares, déchirant l'air, triplées
par les échos, annoncèrent l'arrivée des quatre
grands barons du royaume; il fut même un instant si complet que, les trompettes ayant cessé
de vibrer, on entendit distinctement la gerbe d'eau
qui jaillissait, d'un élan superbe, au milieu de la
nef centrale, s'égrener en pluie dans la vasque de
marbre rouge.

On faisait la haie à l'issue des portes pour voir
entrer les seigneurs illustres; mais les plus favori-
sés, ou plutôt les premiers arrivés, s'étaient rangés
autour de l'enceinte royale et formaient, entre
les piliers et les colonnettes, une muraille vivante.

Gautier de Tibériade, prince de Galilée, fils
aîné de la belle Eschive, remariée au comte de
Tripoli, parut le premier et s'avança d'un pas vif
dans la nef. C'était un tout jeune homme, vêtu
avec une somptuosité rare, car, maître de grands
biens, il s'en montrait vain et dissipateur. Sur sa
bannière, on voyait des armoiries, d'après une
mode prise aux Sarrasins et qui commençait à se
répandre parmi les croisés. Le blason était d'azur
à la fasce d'or.

Raymond de Tripoli entra en même temps que
son beau-fils; mais il marchait plus lentement et

se laissa devancer par lui. Sur sa bannière en drap d'or était brodé un châtel de gueules.

Le seigneur de Joppé vint ensuite; puis Hugues, suzerain de Césarée et de Sidon, qui dépassait tous les autres en stature.

Les quatre grands barons gagnèrent les sièges qui leur étaient réservés auprès du trône, tandis que les écuyers s'alignaient dans la travée du milieu, tenant droites leurs bannières, la hampe appuyée au sol.

Successivement arrivèrent : Baudouin de Rama, avec son frère Balian; Arnulphe de Turnaffel, qui avait été prisonnier des Sarrasins en même temps qu'Hugues de Césarée; Josselin de Samosate, commandeur de l'infanterie royale; Gautier de Falkenberg, châtelain de Saint-Omer; Regnier de Memphis, Guarimond de Tibériade, Jean d'Arsur; puis deux très nobles seigneurs, nouvellement venus d'Occident; Étienne, fils du duc de Sancerre, et son neveu, Henri le Jeune, duc de Bourgogne. Ils avaient fait par dévotion le voyage à Jérusalem, voulant visiter les Lieux-Saints, prendre la palme commémorative, « la Palme Idumée », et s'en retourner.

Le clergé parut ensuite, dans la lourde et

majestueuse splendeur des habits sacerdotaux :
Alméric, d'abord, prieur du Saint-Sépulcre, Patriarche de Jérusalem. C'était un Français, né à
Néelle, dans le diocèse de Noyon, près de Com-
piègne; âgé déjà, faible et simple, nul même, il
était le souffre-douleur des frères de l'Hôpital,
contre lesquels il ne savait pas se défendre. Avec
lui entrèrent l'archevêque arménien et l'évêque
jacobite de Jérusalem, comptés au nombre des
suffragants du Patriarche.

Puis vinrent Régnier, abbé de l'église du Mont-
Sion, Hernest, archevêque de Césarée, Guillaume,
évêque d'Acre, don Albert l'ermite, évêque de
Bethléem. Presque en même temps, au milieu
d'un long fracas de fanfares, s'avança le Grand
Maître des Hospitaliers : Roger de Moris, précédé
de la bannière fameuse où l'on voyait, sur champ
de gueules, une croix pleine, d'argent.

Le Grand Maître était vêtu d'une robe noire et
d'une cotte d'armes rouge; une riche agrafe retenait le manteau noir, à pointes, dont le capuchon,
rejeté en arrière, laissait voir la face hautaine, les
longs cheveux bruns et la barbe légère du chevalier; sur son épaule gauche étincelait la croix
blanche à huit branches.

Plusieurs frères de l'Hôpital accompagnaient Roger de Moris, entre autres Gerbert, surnommé Assalit, qui était un homme remarquablement magnanime, généreux jusqu'à la prodigalité. Il avait été Grand Maître avant Roger, mais, malgré son immense fortune, gravement endetté, il avait dû renoncer à son grade.

Des hérauts, sortant d'une salle voûtée, située à l'est du transept et qui communiquait avec les salles privées du palais, annoncèrent, aux sons des trompettes, l'arrivée de la cour et du roi. Puis un chevalier parut, portant l'étendard de Jérusalem, blanc à la croix potencée d'or, et, aussitôt, toutes les bannières s'agitèrent, saluant la bannière souveraine.

Amaury s'avança en vêtements royaux, ayant auprès de lui sa femme, la reine Maria Comnène, nièce de l'empereur de Constantinople. Elle souriait, sous sa couronne rayonnante de pierreries, et traînait après elle un manteau splendide, en se dandinant gracieusement, comme une tourterelle.

Avec le roi marchent les hauts dignitaires de la cour. D'abord, le hautain, superbe et arrogant sénéchal, Milon de Plancy, qui ne cède jamais le pas à personne. Il est proche parent du roi, et, par sa femme, Tiennette de Naplouse, veuve d'Homphroy du Toron, seigneur de la Syrie Sobal. Haut en couleur, noir de poil, l'œil dur, l'air brutal et présomptueux, il parle au roi, tout en marchant, et ricane. Après lui viennent Girard de Pugi, maréchal du royaume; le chambellan Jean de la Rochelle; puis Guillaume, archidiacre de Tyr, grand chancelier du royaume, qui va s'asseoir au banc des évêques.

Quelques Templiers entrent en même temps que la cour, car, lorsqu'ils résident à Jérusalem, ils habitent au palais, depuis que le roi Baudouin leur en a cédé une partie. Ceux-ci sont des chevaliers profès, vêtus de la robe blanche à croix rouge. Sur leur blason, on voit deux frères de la milice du Christ montant le même cheval. Derrière la reine marche la princesse Sybille, les comtesses, et un grand nombre de nobles dames. Puis, en dernier lieu, retardé par quelque jeu, essoufflé et le visage tout rose, le jeune Baudouin, fils du roi, héritier du trône. C'est un enfant de douze ans, aux longs cheveux bouclés, couleur de miel, beau et grand déjà pour son âge; mais il a un bras inerte et porte en lui, sans que l'on s'en doute encore, le germe d'un mal terrible. Auprès de lui, des adolescents, ses compagnons : Abraham de Nazareth et Godescaut de Tuchorit.

Sybille était revêtue d'une robe magnifique en soie de Chine brochée d'argent, de ce tissu rare et précieux que l'on appelait « nacco »; des cordons de perles et de turquoises s'enroulaient à ses longues tresses, et un voile aérien était attaché à sa légère couronne d'or, ornée de topazes.

Tout de suite son regard chercha Hugues de Césarée, et elle eut un choc au cœur en s'apercevant qu'il ne portait pas le gage qu'elle lui avait envoyé. Son œil bleu devint dur et cruel sous son sourcil froncé; mais elle retint mal un cri de colère quand parut Homphroy du Toron, précédant l'ambassadeur et qu'elle reconnut, attachée à son épaule, la manche de soie couleur d'azur.

Un grand mouvement de houle agita les assistants, qui se poussaient, se haussaient les uns derrière les autres, pour apercevoir un instant l'envoyé du Vieux de la Montagne. Un diamant énorme flambait à son turban de mousseline lamée d'or, au-dessus de longs sourcils, de joues brunes et d'une barbe d'un noir bleu; c'était tout ce que distinguaient ceux qui n'étaient pas au premier

rang, avec, par moments, l'éclat pourpré du caftan,
lourd de broderies.

Le roi fit quelques pas à la rencontre de l'ambassadeur, qui tenait à la main un rameau d'olivier. Il baisa l'Ismaïlien sur la bouche et le con-
duisit au siège préparé pour lui, tandis qu'un
héraut criait :

— Le seigneur Abou Abd-Allah ! envoyé du très
illustre Raschid ed-Din, prince des Sept-Montagnes !

Pendant ce temps, Homphroy s'était glissé
auprès de Sybille, qui le regardait fixement, pâle
de colère et les lèvres tremblantes.

— Oh ! ma princesse, murmura-t-il, prenez-moi
en pitié. Votre courroux m'arrache l'âme du
corps. Je suis un larron, c'est vrai ; j'ai dérobé un
trésor et rompu votre volonté. Mais ce gage serait
trempé de sang s'il était arrivé à son adresse.
Votre esclave d'Abyssinie est mon prisonnier, et,
pour rançon, je demande sa grâce.

— Je vous hais ! dit Sybille, au risque d'être
entendue par la reine.

L'ambassadeur avait refusé les services de l'interprète ; il parlait avec facilité la langue franque,
et il expliquait au roi le but de sa mission.

— Notre seigneur Raschid ed-Din — que sa bénédiction soit sur nous! — salue le roi des Francs en lui souhaitant longue vie et prospérité. Il désire conclure avec lui une paix durable, être son ami et l'aider de son pouvoir, lui qui fait trembler les princes sur leurs trônes et dispose à son gré de leur vie. Mais il faut, pour cela, que le roi franc fasse cesser les méfaits et les abus criminels par lesquels les frères de la milice du Temple offensent Raschid ed-Din, notre Seigneur.

Des templiers qui étaient présents se levèrent brusquement à cette attaque, et l'un d'eux fit un pas vers l'ambassadeur. Un regard sévère du roi l'arrêta.

Abou Abd-Allah ne s'était pas interrompu.

— Que le Grand Maître, Odo de Saint-Amand, qui, par fraude et violence, extorque aux populations, voisines de la commanderie du Temple, soumises au prince des Sept-Montagnes, la dîme des récoltes, fasse cesser cet indigne larcin et qu'il respecte nos frontières.

Le templier qui s'était avancé prit la parole, sans l'agrément du roi.

— Il ne s'agit pas d'un larcin, s'écria-t-il, mais d'un tribut annuel de deux mille ducats consenti par le chef des Ismaïliens.

— Jamais aucun chef n'a consenti à ce tribut, toujours arraché par la force, dit Abou Abd-Allah. Le prédécesseur de notre prince actuel, abattu par l'âge, négligeait de punir le crime ; mais Raschid ed-Din ne le souffrira pas, et il serait déjà châtié si, aimant par-dessus tout la justice, notre Seigneur n'avait retenu le châtiment, voulant savoir si la tête a commandé au bras, si le roi Amaury ordonne cette félonie ou bien s'il l'ignore. Je la lui dénonce, et c'est à lui de la faire cesser. C'est ce que je réclame au nom de mon maître.

Amaury avait le visage empourpré et les yeux brûlants de colère. Il répondit vivement, en s'efforçant d'être calme :

— La félonie qui vient de m'être révélée m'offense moi-même autant qu'elle offense le seigneur Raschid ed-Din, car elle a lieu au mépris de mon autorité royale, trop souvent dédaignée par des sujets mutins et orgueilleux jusqu'à la démence...

Les frères du Temple sourdement murmuraient. Mais le roi, se levant de son trône, haussa la voix.

— Je jure que cet abus cessera, quand bien même il me faudrait, pour apaiser la rapacité des templiers, leur payer les deux mille ducats, de mon propre domaine. Je remercie Raschid ed-

8.

Din de m'avoir pressenti innocent dans cette affaire. Je veux être dorénavant son ami sincère et dévoué. Voici ma main, en signe de foi.

Le roi s'avança et mit sa main dans la main ouverte de l'ambassadeur. Celui-ci la retint un instant en silence; puis il s'écria d'une voix éclatante :

— J'accepte ton serment et le tiens pour loyal et irrévocable. Comme gage de notre sincérité, nous sommes prêts, moi et ceux de ma suite, à recevoir le baptême et à confesser la foi chrétienne.

Tous les évêques, en entendant cette déclaration, se levèrent de leurs bancs, et l'archidiacre Guillaume, les bras en croix, entonna avec enthousiasme un cantique d'action de grâces.

Une immense acclamation emplit la salle, se répercutant de nef en nef, à mesure que la nouvelle se répandait. Beaucoup s'élancèrent dehors, en poussant des clameurs de joie. Bientôt, toute la ville, émotionnée jusqu'aux larmes, connut le miracle de ces conversions inespérées, et les cloches se mirent à sonner, comme pour une fête, en l'honneur des nouveaux chrétiens.

V

Le long de la mer, dans l'exquise fraîcheur du matin, quelques cavaliers arabes escortent une litière, portée par quatre mules blanches.

L'azur des premières lames est assombri par l'ombre de rochers gigantesques, qui bordent le rivage et derrière lesquels le soleil se lève. Et ces grandes ombres des montagnes créent sur la plage une atmosphère bleue et froide où la blancheur laiteuse des mules éclate vivement. Les bêtes fringantes sont joliment harnachées de cuirs de couleur découpés à jour et ornés de paillettes et de cabochons. A chacun de leurs pas on voit luire leurs fers d'argent, et elles secouent sur leur front des franges et des houppes soyeuses.

Elles sont attelées à la file, deux devant et deux derrière, entre les longs brancards de la litière, et des muletiers les guident.

Sous les rideaux relevés, accoudée à des coussins brodés d'or, une femme dont on n'aperçoit entre ses voiles que les grands yeux mouillés de larmes, sans la voir, regarde la mer.

A ses pieds, une jeune fille, le visage découvert, est accroupie et contemple sa compagne, en poussant de profonds soupirs.

— Ne pleure plus, Gazileh, dit-elle, après un long silence. Je t'en conjure, regarde les splendeurs qu'Allah a créées et qui se révèlent à nos yeux pour la première fois. Vois ces roches et ces montagnes, colorées de tant de nuances qu'elles semblent taillées dans des marbres rares et formées de pierres précieuses. Vois comme leurs grands reflets s'allongent sur la mer, qui, couleur de turquoise à l'horizon, est, jusque bien loin du rivage, plus foncée que le saphir. Regarde, Gazileh, ô ma chère princesse! à travers le prisme de tes larmes contemple, au moins un instant, cette merveille de la nature : les premiers degrés du Liban sacré.

— Est-ce que j'ai rêvé, Nahâr? est-ce que,

vraiment, nous sommes en route pour l'exil? dit
Gazileh, sans tourner la tête. Hier encore, j'étais
dans mon palais d'été, à Djebêlé, près de la mer;
j'errais, comme à l'ordinaire, dans le jardin
ombreux, sans que rien vînt m'avertir du
malheur qui planait sur moi; paisible, j'émiet-
tais des gâteaux de froment aux oiseaux aquati-
ques, je riais de leur course folle, de leur cou
tendu, des ailes brillantes battant l'eau comme
des roues de moulin, de leurs cris rauques, de
leurs combats... Soudain, le cher prince parut,
oh! si pâle et dévorant ses larmes! L'une d'elles,
je la vois toujours, restait suspendue à sa barbe
blanche; puis elle roula sur sa main!... Ah!
Nahâr! est-ce vrai qu'aujourd'hui je suis une captive, un otage?... que l'on m'entraîne loin de tout
ce que j'aimais?...

— Oh! toi, si sage et si courageuse, ne m'as-tu
pas dit souvent qu'il fallait se ployer devant la
destinée, être comme le colimaçon qui prend la
forme de sa coquille? Oui, nous sommes prisonnières; mais les femmes musulmanes ne le sont-
elles pas toujours? Tu disais aussi : « Contentons-
nous d'être comme les fleurs, qui s'épanouissent
et embaument à la place où on les a plantées;

n'envions pas les oiseaux. » Et voilà que les fleurs
sont des oiseaux aujourd'hui...

— Des oiseaux en cage, Nahâr.

— C'est quelque chose déjà que de changer
de cage. Ouvrir les yeux sur des aspects nouveaux! Ne pas savoir ce qui va vous arriver!
Avoir peur même!...

— C'est toi qui parles ainsi? toi, si peureuse?
Ton affection pour moi te donne un étrange courage! Tu veux me soutenir et me consoler quand
l'angoisse serre ton cœur comme le mien. Eh
bien, par reconnaissance pour ton héroïsme, je
vais tâcher d'être moins faible, plus fière devant
le malheur.

— N'ai-je pas bien réussi? s'écria Nahâr en
frappant ses petites mains brunes l'une contre
l'autre. Ne suis-je pas bien récompensée de mes
efforts pour être brave?

— Nous sommes à Dieu et nous retournons à
lui! dit Gazileh avec un profond soupir. Soyons
résignées, comme notre religion ordonne de
l'être.

— Écoute, dit Nahâr, en baissant la voix.
Nos muletiers causent entre eux. J'ai cru leur
entendre prononcer le nom de Raschid ed-Din.

— Ce serait bien singulier, dit Gazileh, en se soulevant un peu.

— Les muletiers sont les grands colporteurs de nouvelles; ils savent tout et répètent tout. Peut-être entendrons-nous quelque chose qui pourra nous être utile.

Elles se turent, tendant l'oreille.

Deux des muletiers marchaient à côté de leurs bêtes, un peu en avant de la litière; ils causaient, d'abord à voix basse, par respect, puis, peu à peu haussant le ton sans s'en apercevoir.

— Si les Francs sont en marche, disait l'un, c'est pour massacrer et piller. Ils ne font jamais que cela.

— Ils n'étaient pas en route pour des batailles, dit l'autre. On a signalé une flotte vers la pointe de Chypre, qui, sans doute, vient de Byzance : un renfort que l'empereur envoie au roi de Jérusalem, qui est son neveu, puisqu'il a épousé sa nièce. Le roi franc va au-devant de cette flotte, qui mouillera peut-être à Latakieh : il veut protéger le débarquement. On dit qu'on a vu son avant-garde s'engager dans les gorges des montagnes.

— Pourquoi, s'ils n'ont pas quelque projet de

pillage, prennent-ils ce chemin, qui est malaisé aux chevaux et deux fois plus long que l'autre?

— Je te dis qu'ils vont rendre visite au prince des Sept-Montagnes.

— Tu dis cela pour te moquer. Le Scheikh el-djebel ne se laisse pas approcher aussi facilement.

— Il y a des accords entre eux.

— A la place des Francs, j'aimerais mieux m'accorder de loin avec un aussi terrible seigneur.

— Si ces ennemis de la foi, ces satans d'outre-mer, tombent dans quelque embûche, je dirai seulement : Dieu est grand!...

Et, brusquement, tirant du fond de sa gorge une vibration rauque, le conducteur s'élança à la tête de la première mule, qui allait butter contre un rocher.

— Eh bien, princesse, que penses-tu de cela? dit Nahâr.

— Je ne vois rien dans ces propos qui puisse nous intéresser directement, dit Gazileh. Nous savons seulement que d'autres victimes que nous-mêmes sont à la merci du redoutable prophète, et que ce malheureux pays, trempé de sang, au nom du Dieu très bon, recevra sans doute une nouvelle rosée.

— Déplorons nos propres peines, Gazileh, je t'en conjure : elles sont assez lourdes pour nos faibles cœurs, sans que nous nous chargions encore des peines de toute l'humanité.

Gazileh eut un sourire et détacha son voile pour respirer mieux, laissant un instant rayonner sa merveilleuse beauté dans la solitude de cette grève. Puis, ses regards, lourds de tristesse, suivirent distraitement, sur les flots, de plus en plus lumineux, les voiles doubles, couleur de neige, hautes et aiguës, qu'une brise faible gonflait doucement. Elle s'intéressa, malgré elle, au vol si gracieux de ces barques de pêcheurs, qui semblaient seulement effleurer l'eau bleue.

— Certes, elles sont bien nommées *kirlanguitch*, avec leurs longues ailes minces, ces barques. Elles ressemblent tout à fait à des hirondelles, des hirondelles qui seraient blanches.

— Ah! vois donc, s'écria Nahâr, qui se penchait pour mieux regarder : des étincelles! de l'argent fluide!... Les pêcheurs tirent leurs filets de l'eau !

Bientôt, une ville apparut, dans une courbe

9

du rivage, un port, des navires à hautes coques peintes, des fumées qui montaient. C'était Markab, une grosse bourgade, sur la frontière de la principauté d'Antioche et du comté de Tripoli.

Les Arabes de l'escorte se rapprochèrent, éperonnant leurs chevaux frêles, aux longues crinières envolées. Gazileh, vivement, referma son voile. On donnait des ordres aux muletiers, concernant la route à suivre. Un ruisseau torrentueux bondissait, coupant la plage, dont il creusait le sable. Tournant le dos à la mer, la petite caravane suivit le bord du ruisseau, le remontant, et s'engagea dans la gorge étroite, resserrée entre deux rochers gigantesques, où le torrent courait en cascades folles.

Ce chemin était ardu et vertigineux ; les hautes parois de grès sombre semblaient monter jusqu'au ciel, et un demi-jour de souterrain régnait au fond du ravin.

Une tristesse plus lourde s'abattit sur le cœur des deux femmes, qui se penchèrent pour voir encore une fois la mer et le ciel libre. Elles ne parlaient plus, assourdies par le tumulte effrayant de l'eau rebondissante, qui, même, empêchait de penser.

La route montait rapidement, tout en s'enfonçant dans la montagne. Les muletiers tenaient la bride des mules tout près du mors et marchaient entre elles et le torrent. Malgré tous leurs soins, la litière était cahotée et penchait en arrière. Les voyageuses ne pouvaient s'occuper d'autre chose que de s'y tenir en équilibre. Puis la route devenait plus plane. Étourdies et lassées, elles tombèrent dans une sorte d'engourdissement, presque de sommeil.

Quand on fit halte sur un haut plateau, près d'un bouquet de sycomores, il était déjà plus de midi, et il ne fallait plus que quelques heures de marche pour atteindre le but du voyage.

On était en pleine montagne maintenant, et, de ce point élevé, les regards embrassaient, de toutes parts, un tableau si merveilleux que Gazileh oublia ses peines à le contempler.

A perte de vue, les monts ondulaient comme les lames monstrueuses d'une mer pétrifiée, les uns pelés et aigus, les autres arrondis en dômes, creusant entre eux des abîmes aux parois droites comme des murailles, avec des luisants de miroirs, ou bien glissant en pente douce, jusqu'au fond des vallées verdoyantes et fécondes. Des végéta-

tions puissantes escaladaient les côtes, les arbres
ayant leurs cimes au niveau des racines de ceux
qui les précédaient. Il y avait des cyprès et des
pins, des chênes et des genévriers au bois incor-
ruptible. Sur les plateaux apparaissait la merveille du Liban : les cèdres plusieurs fois sécu-
laires. De leurs larges bras, chargés de draperies
sombres, ils semblaient bénir toute la contrée.

Des villages d'un blanc éclatant se montraient
suspendus au-dessus des abîmes ; ils s'accrochaient
aux parois des rochers, à des hauteurs invraisem-
blables. Quelques-uns se faisaient face et ainsi
étaient tout proches dans l'air, si bien que leurs
habitants pouvaient se parler en haussant un peu
le ton, tandis que, pour aller de l'un à l'autre, il
fallait faire plus de quatre lieues en descendant
et en remontant les sentiers.

Sur les moins hautes des collines prospéraient
les mûriers et les oliviers au feuillage cendré ;
plus bas encore, les palmiers, les dattiers et aussi
les bananiers, ces « arbres du paradis ». Dans les
vallées, où l'argent des rivières luisait, les champs
cultivés se déployaient comme de riches tapis
de couleurs diverses. Le jaune des blés s'arrêtait
net où commençait le vert tendre d'un champ

d'asperges, des plantations de canne à sucre
côtoyaient les larges bandes où poussait le
henneh, et des parterres de roses, de narcisses
et de giroflées s'étalaient, promettant une riche
moisson de parfums.

Gazileh fit le tour du bois de sycomores pour
regarder à l'autre versant du mamelon. Mais alors
elle eut un sursaut de saisissement en voyant se
dresser devant elle, au sommet d'un rocher à pic
qui semblait inaccessible, un formidable château.

— C'est Maçiâf, s'écria-t-elle en s'appuyant
presque défaillante, à l'épaule de Nahâr.

— Le château de Raschid ed-Din! notre prison,
dit la jeune fille. Hélas! il est aussi terrible que
superbe.

On eût dit qu'il était taillé dans la montagne
même, que ce rocher vertigineux en faisait partie,
que ses tours, ses créneaux, ses dômes, ses arcades
avaient été découpés ainsi par la main géante
d'un enchanteur. Il était si haut que les oiseaux à
peine y pouvaient atteindre et que les orages éclataient à ses pieds.

Aux deux jeunes femmes, qui le regardaient,
fascinées d'horreur et d'admiration, il semblait
tout proche; cependant elles en étaient séparées

encore par plusieurs collines et par une large vallée, dans laquelle une jolie ville apparaissait, ceinte de murailles, avec une mosquée à son centre.

Les gens de l'escorte donnèrent le signal du départ, et on commença à descendre, entre des arbres et des rochers, un sentier qui s'enroulait en spirale autour du mamelon. Puis le chemin s'encaissa, dévalant presque à pic; ensuite, on contourna une roche énorme, qui semblait un quartier de montagne brisé, pour aboutir à un haut vallon qu'il fallait traverser.

Tout à coup, au tournant du rocher, au moment où l'on débouchait dans le vallon, les mules bronchèrent, se rejetèrent d'un brusque mouvement en arrière, effrayées par un horrible tumulte qui éclata si soudainement que la petite caravane demeura un instant comme pétrifiée, incapable de comprendre ce qu'elle voyait ni ce qu'elle entendait.

Les cavaliers de l'escorte se remirent les premiers et firent descendre rapidement les deux femmes de la litière, secouée d'une façon désordonnée par les bêtes affolées.

On était tombé au beau milieu d'un combat

engagé entre des Francs et des Arabes, dans une
mêlée féroce atteignant son paroxysme. Tous les
bruits de la montagne, le grondement continu des
torrents et des cascades avaient sans doute couvert le bruit de ce carnage, enfermé dans cette
gorge étroite, qui en gardait la clameur sinistre
et en buvait le sang. Et ainsi, brutalement, le danger se révélait trop tard pour qu'on pût l'éviter.

Masquée à demi par des buissons, une grotte
ouvrait sa bouche obscure, à quelques pas dans
le vallon. Gazileh et Nahâr se réfugièrent là,
tandis qu'on dételait les mules, qui menaçaient de
tout briser et ne pouvaient tourner dans le sentier
trop étroit. Les gens de l'escorte rebroussèrent
chemin, afin de chercher, sans doute, une autre
issue.

Une poussière brûlante emplissait ce val,
mêlée à une buée de sueur et de sang, que le
soleil vaporisait. On entendait, au milieu des hur-
lements de rage ou de douleur, d'affreux chocs,
des grincements de métal, des coups sourds, et,
confusément, l'on voyait des chevaux renversés,
donnant des ruades d'agonie; des hommes, pareils
à d'étranges monstres luisant d'écailles, s'étrei-
gnant comme pour s'embrasser; des bras levés qui

retombaient; des globes de fer hérissés de pointes, allant et venant, pleurant du sang, pareils à des têtes coupées. Les lances et les épées qui se croisaient semblaient former une palissade, et, par moments, le chanfrein d'acier d'un cheval cabré jetait une lueur aveuglante.

Les jeunes femmes, frémissantes d'horreur, ne pouvaient cependant pas arracher leurs regards de cet effrayant spectacle.

Bientôt elles se rendirent compte de la marche du combat et distinguèrent l'inégalité des adversaires : les Arabes étaient beaucoup plus nombreux que les chrétiens, qui se battaient en désespérés, retardant seulement, à force d'héroïsme, leur mort certaine.

Les chrétiens semblaient avoir été surpris dans leur camp, car, de loin en loin, quelques tentes restaient encore debout. Les vivants diminuaient rapidement; beaucoup se rendaient, jetant leurs armes, et on leur liait les mains. Ceux qui restaient s'enfuirent, et les vainqueurs se jetèrent à leur poursuite.

Quelques combattants isolés, cependant, entourés d'ennemis, restaient en arrière, luttant encore. Gazileh en remarqua un, à vingt pas de

la caverne où elle était blottie avec sa compagne,
si grand qu'il dépassait de la tête tous ceux qui
l'attaquaient, d'une force si terrible que la nuée
d'adversaires qui l'entourait ne l'avait pas encore
abattu. Il portait, comme tous les chevaliers
francs, la chemise de mailles et le casque conique
avec le nasal massif qui masquait entièrement le
visage. Il n'avait plus d'autre arme qu'un tronçon
d'épée; un pied sur le cadavre de son cheval, il
se servait de la lame rompue avec tant d'adresse
qu'il faisait plus de blessures encore qu'il n'en
recevait. A travers les cris que poussaient ses
assaillants pour l'étourdir, on distinguait le halè-
tement rauque de sa respiration, et Gazileh était
oppressée horriblement par ce souffle, pénible
comme un râle, qui trahissait les derniers efforts
du héros, prêt à succomber.

— Ah! c'est lâche, dit-elle enfin, tant d'adversaires contre un seul homme...

— Puisqu'il refuse de se rendre! dit Nahâr.

Un cavalier kurde accourut, fit tournoyer sa
masse d'armes et, de haut, assomma le chevalier franc, qui tomba, tout d'une pièce, en
arrière.

Gazileh s'était caché le visage, en poussant

un cri d'horreur, qui se perdit dans les cris de triomphe.

Quand elle découvrit ses yeux, les vainqueurs avaient disparu. Un silence plus terrible encore que le tumulte de tout à l'heure régnait sur le lieu du carnage. Rien que de faibles plaintes, quelques gémissements qui allaient s'éteignant.

Gazileh tendait l'oreille.

— Ce chevalier n'est pas mort! s'écria-t-elle.

— Il râle, dit Nahâr.

Elles écoutaient, regardant vers la place où il était tombé.

Le mourant, en effet, eut un tressaillement, s'efforça de se soulever et, d'une voix à peine distincte, cria :

— A boire !

Puis il retomba.

Gazileh s'était élancée hors de la caverne; mais Nahâr se jeta au-devant d'elle, la saisit à bras-le-corps. Elle criait :

— Que veux-tu faire? N'y va pas! n'y va pas! C'est un infidèle, un soldat franc!...

— C'est un blessé!

Et Gazileh se dégagea, courut vers le chevalier, enjambant les morts, traînant, sans y prendre garde, sa robe dans des flaques sanglantes. Elle s'agenouilla près de lui, le souleva, fit sauter le casque, bosselé et troué, à travers lequel le sang jaillissait comme d'une source.

Le chevalier était évanoui, s'il n'était mort. Sa tête roula, inerte, sur les genoux de la princesse.

— Le coffret! Nahâr,... et qu'un des muletiers cherche de l'eau.

La voix saccadée et impérieuse ne souffrait pas de réplique; Nahâr obéit.

Elle revint promptement, apportant de l'eau dans le seau de cuir qui servait à faire boire les mules, et, curieuse, elle se pencha vers le blessé.

— Ah! il fait peur avec sa face toute voilée de sang, dit-elle en se rejetant en arrière.

Gazileh avait dénoué pour l'imbiber l'écharpe qui serrait sa taille, et elle baignait avec précaution le visage du chevalier.

— Vois comme le voile se déchire et s'écarte.

— Mais, c'est un tout jeune homme!... s'écria Nahâr. Je n'ai jamais vu d'aussi près un infidèle. Il est beau, n'est-ce pas?...

— La blessure est là, au sommet du front, sous les cheveux, béante et laissant fuir le sang à flots. Il faut l'arrêter, ce sang.

Un coffret de velours bleu, à coins d'argent, que Nahâr lui présentait tout ouvert, contenait tous les objets nécessaires à un pansement, et Gazileh, d'une main légère et experte, rapprocha les bords de la plaie, qu'elle lava plusieurs fois avec un baume puissant, sous lequel le sang se figea ; puis elle la couvrit d'amadou et entoura la tête d'un bandeau serré.

— Je crois que tu assistes un mort, disait Nahâr.

— Mort? Non, il ne l'est pas. Je sens battre son cœur sous ma main. L'épaisseur du casque a amorti le coup; c'est sa brisure qui a creusé cette plaie affreuse. Mais l'os n'est pas atteint, et la blessure peut n'être pas mortelle. Vois, il soupire... Aide-moi; essayons de le faire boire.

Elle prit vivement, dans le coffret, un gobelet et y versa tout le contenu d'un flacon d'or.

— L'élixir! s'écria Nahâr... Ah! princesse, tu oublies donc combien des nôtres il a tué? C'est crime, vraiment, de vouloir ressusciter un pareil adversaire.

— Ne serait-ce pas humiliant pour la vaillance de nos guerriers de laisser mourir celui-ci à cause de sa vaillance? Aide-moi!

Elle eut beaucoup de peine à écarter les dents serrées du blessé ; mais dès que la première goutte de la liqueur eut glissé jusqu'à sa gorge, il but avidement et parut se ranimer.

Ses yeux se rouvrirent, troubles et las, sans regard encore.

Gazileh avait rejeté son voile, elle se penchait, guettant avec anxiété ce lent retour à la vie. Mais, tout à coup, la pensée revint dans ce regard ; le visage du mourant, crispé par la souffrance, se détendit ; un sourire entr'ouvrit ses lèvres, et il contempla Gazileh avec une expression si ardente de joie et d'amour qu'instinctivement elle ramena les plis de son voile.

— Puisqu'il t'a vue ! dit Nahâr.

Le blessé avait joint les mains.

— Merci, seigneur Christ, dit-il : vous avez exaucé mon vœu, vous faites un miracle pour votre soldat !...

— Ce n'est pas votre Dieu qui fait le miracle, dit Nahâr, mais bien Allah, le très grand. C'est lui qui a conduit près de vous la femme unique qui, au lieu de pierreries et de parures, porte, en voyage, des drogues et des baumes dans son coffret à bijoux, estimant que trop de rubis déjà ruissellent par le fait des épées et qu'une larme de pitié vaut tous les diamants du monde.

— Tais-toi, folle. C'est le premier devoir des femmes, en ce temps de constantes batailles, de savoir panser les blessures... N'en avez-vous pas d'autres, chevalier, que celle qui, si douloureusement, vous meurtrit le front?

— Qu'importe? dit le jeune homme, d'une voix pleine de douceur. Je vais mourir, puisque vous êtes là!

— Me prenez-vous pour Israfil, l'ange de la mort?

— Vous êtes la récompense de toutes mes peines terrestres, vous êtes celle qui emplissait mon cœur de douleur et de délices... J'ai demandé à Dieu de vous voir une fois encore et de mourir, et Dieu m'a entendu.

— Il a le délire, Nahâr, dit Gazileh.

— Un délire heureux, en tout cas, car son visage exprime la plus douce extase.

— Oui, cette folie est une grâce du ciel; elle l'empêche de sentir son mal.

— J'ai toute ma raison, dit le chevalier. Il y a trois ans, étant prisonnier de guerre, je vous ai vue à Djébélé.

— A Djébélé?

— Je vous ai vue au prix d'un crime : j'ai violé
le secret de votre retraite, par fraude et escalade,
tandis que vous rêviez dans un kiosque, près d'un
ruisseau, mon regard a dérobé votre image divine.

— Le kiosque d'or de ta maison d'été! dit
Nahâr.

Gazileh était tout interdite et contemplait avec
une sympathie croissante cette belle tête blonde,
à laquelle le bandeau sanglant faisait comme une
couronne; cette tête inconnue, qui avait son
genou pour oreiller.

— Après trois années, vous avez pu me reconnaître? dit-elle.

— Pendant trois années, nuit et jour, je n'ai vu
que vous... Ah! donnez-moi l'absolution de mon
forfait, et dites-moi votre nom, que je l'emporte
dans l'éternité.

— Vous ne l'emporterez pas aussi loin, j'espère.
Gazileh est mon nom... Ne me direz-vous pas qui
vous êtes?

— Je suis Hugues de Césarée, le plus humble
des serviteurs du Christ.

— Ce nom est illustre, même parmi nous, dit
Gazileh. Je suis heureuse d'avoir pu secourir un

aussi preux chevalier, de l'avoir sauvé, j'espère.

— Ah! Madame, je dois mourir, puisque le ciel a exaucé un vœu dont ma vie est le prix.

— Voyez, votre sang a cessé de couler; il fuyait à flots, et c'est cela qui vous eût fait périr. Vous vivrez, j'en réponds.

— Ah! princesse! s'écria tout à coup Nahâr, on dirait que les vainqueurs de tout à l'heure reviennent en désordre, comme s'ils étaient poursuivis. Ne restons pas ici : les chrétiens pourraient nous faire prisonniers.

— Hélas! dit Gazileh, prise par les Francs, cela ne sera pas pire pour moi que d'arriver saine et sauve au château de Raschid ed-Din!

— N'allez pas là, s'écria Hugues de Césarée, en faisant un effort pour se soulever. Le Vieux de la Montagne est un traître, un maudit. Nous campions ici, en amis, sur la foi de sa parole, et, brusquement, sans même nous défier, ses sectaires se sont rués sur nous... Vous êtes en danger?... Ah! je veux vivre pour vous défendre... Dites, que faut-il faire?

— Il n'y a pas de défense possible, répondit Gazileh, en baissant la tête. Raschid ed-Din n'accorde la paix à mon grand-oncle, le prince de

Hama, accablé par les défaites, qu'à la condition que je lui serai livrée comme otage. A la moindre irritation contre le vaincu, l'implacable prophète me brisera. Et quel secours espérer dans cette inaccessible forteresse, dont la vue seule fait frémir?

— N'y entrez pas. Fuyez : je vous protégerai.

— Et alors mon bien-aimé prince tomberait sous le poignard!... Non, je dois me résigner. D'ailleurs, la fuite est impossible. Les gens qui nous conduisent veillent aux alentours; ils se sont éloignés pour ne pas dénoncer par leur présence, sans doute, notre refuge; mais ils ne nous laisseraient pas nous échapper...

Des cris éclataient, de plus en plus proches. Celui-ci domina bientôt :

« Dieu aide son Sépulcre! »

— Victoire au Christ! s'écria Hugues. Ce sont les Francs!

Des Arabes passaient au galop de leurs chevaux. Ils criaient : « Dieu est grand! » tout en fuyant, sans désordre toutefois.

— Viens vite, princesse, dit Nahâr : nos gardiens te cherchent.

— Adieu, dit Gazileh.

10.

Mais Hugues s'accrochait à sa robe.

— Par grâce, à ce château, un signe, quelque chose qui m'avertisse que le danger est venu pour vous !...

— Eh bien ! mon voile blanc à l'un des créneaux.

— Merci !

— Adieu !... mon chevalier.

Elle s'enfuit, en masquant son visage dans les mousselines, tandis que Hugues, se soutenant sur les mains, la suivait des yeux avidement : mais bientôt, à bout de forces, sa vue se troubla, et il retomba, évanoui, au milieu des cadavres.

VI

Homphroy du Toron se penchait vers lui et tenait sa main, lorsque Hugues rouvrit les yeux.

Il était sous une tente, et, à quelques pas de son lit, le médecin arabe du roi préparait un breuvage.

— Il s'éveille! il s'éveille! s'écria le jeune connétable.

Et le médecin, s'approchant, fit boire la potion au blessé.

— Où donc sommes-nous? demanda Hugues.

— Dans la vallée de Maçiâf, en face du château du Vieux de la Montagne, répondit Homphroy. Le roi s'est établi là.

— Le roi?...

— Nous étions tout près de rejoindre l'avant-
garde, que vous commandiez, quand votre messager accourut pour nous dire de ne pas avancer,
qu'il y avait trahison. Au lieu de nous arrêter,
cette nouvelle nous a fait nous jeter en avant
pour vous secourir. Mais les ennemis ont fui
devant nous sans accepter le combat. Ils ont
disparu dans ce château, au pied duquel le roi a
fait dresser son camp. Il va assembler le conseil
afin de délibérer sur ce qu'il nous reste à faire,
pour tirer vengeance de ce chien.

— Pourrai-je assister au conseil? demanda
Hugues au médecin.

— Sa Majesté attend que je me prononc_ sur
votre état, répondit celui-ci.

— Il n'est pas en danger? demanda Homphroy.

— Non, connétable; j'espère même une prompte
guérison. Je vais dire au roi qu'il peut assembler
le conseil ici même, comme il le désire.

Et le savant arabe sortit de la tente.

— Hugues! mon cher Hugues! s'écria alors
Homphroy, que je suis heureux de vous voir
revivre. C'est moi qui vous ai découvert parmi
les morts. Dieu! avec quelle douleur! car vous
sembliez n'être plus de ce monde... Mais dites-

moi, maintenant que nous sommes seuls, comment se peut-il que, navré si grièvement et n'ayant pas un vivant auprès de vous, nous vous ayons trouvé pansé si merveilleusement que le médecin n'a rien trouvé à reprendre ?

— Ah ! c'est donc vrai ! je n'ai pas rêvé ! dit le blessé. C'est elle ! Elle est venue ! Je sais son nom !... Le Christ a fait pour moi un miracle : il a exaucé mon vœu, et il me laisse la vie !

— Quoi ?... Cette infidèle, vous l'avez revue ? Mais, silence ! Voici les damoiseaux qui viennent disposer des sièges : le roi est impatient de délibérer.

Amaury parut presque aussitôt, en effet, et s'approcha du blessé.

— Que Dieu vous conserve à notre amour, lui dit-il, vous, un de nos plus parfaits chevaliers ! Dans quel état vous voici !

— Votre compassion m'est bien précieuse, sire, dit Hugues. J'espère vous servir encore, avec l'aide du Christ.

— Pouvez-vous me dire, sans lassitude, en quelles circonstances le prince des Montagnes vous a attaqué ?

Hugues se souleva un peu, tandis que Hómphroy lui amassait des coussins derrière le dos. Il répondit :

— Nous campions depuis trois jours dans ce haut val où vous nous avez trouvé, sans voir âme qui vive, sans que rien ait bougé dans le château muet. Des hérauts envoyés par moi, tout d'abord, restèrent une demi-journée au pied des murailles, sonnant de leurs trompettes, sans obtenir de réponse. Plusieurs des nôtres disparurent, entre autres mon écuyer Urbain, le fils du vicomte de Chaco. Je pensais que le Vieux de la Montagne, qui passe pour être un magicien, voulait surprendre notre imagination par quelque étrangeté ; mais la surprise fut autre : une troupe de cavaliers, dix fois nombreuse comme celle que je commandais, se jeta sur nous à l'improviste et nous mit dans l'état que vous voyez.

— Et, devant moi, cette même troupe a fui, précipitamment, en refusant le combat, dit le roi. On a cru voir un signal sur le donjon du château. Je redoute un piège. Ces sectaires ont la réputation de ne jamais reculer, et le Vieux de la Montagne nous laisse nous installer bien près de sa ville et de son château.

— Voici le conseil du roi, dit le connétable.

Milon de Plancy entra le premier, le visage rouge et les sourcils froncés.

Puis vinrent le comte de Tripoli, l'archidiacre Guillaume et les principaux barons. Le roi s'étant assis, quelques-uns l'imitèrent; les autres restèrent debout.

Amaury mordillait sa barbe avec impatience, toujours embarrassé quand il fallait parler. Il commença d'une voix sourde, en zézayant comme d'ordinaire.

— Vous savez tous de quelle façon courtoise j'ai traité Boabdil, l'ambassadeur du Vieux de la Montagne; vous vous souvenez de la magnificence des fêtes données en son honneur, et de la cérémonie de son baptême, qui avait mis toute la ville en liesse. Il quitta Jérusalem, très satisfait en apparence, emportant des présents pour son maître et, pour le préserver lui-même de toute attaque, notre sauf-conduit royal. Il était chargé de dire à Raschid ed-Din qu'il nous précédait seulement de quelques jours, que, passant dans les environs de ses domaines pour aller protéger le débarquement d'un renfort qui m'arrive par mer, je ferais avec plaisir un détour afin de me rencontrer avec lui. Comment celui qui nous offrait son amitié et ordonnait aux siens d'embrasser notre foi, est-il devenu tout à coup notre ennemi? Il y a dans ceci quelque chose d'incompréhensible...

— Allez-vous attendre d'avoir compris pour attaquer le château?... s'écria Milon de Plancy en interrompant le roi. Egorgeons ce traître et pillons son repaire : on dit qu'il y a là d'immenses richesses.

— Il vaut mieux trop méditer avant d'agir que de se repentir plus tard d'avoir agi sans réflexion. Ton avis, Guillaume?

— Si je puis parler franc, sire, dit le chancelier, je dirai qu'il faut, dans le cas présent, patience et prudence, car la colère du prince des Assassins peut amener la ruine irréparable du royaume de Jérusalem.

— Voilà bien un discours de prêtre! s'écria Milon d'une voix furieuse. Essuyons patiemment le crachat sur notre face, n'est-ce pas? Tendons l'autre joue si on nous soufflette!... Sommes-nous fous?... L'ennemi est en fuite, et c'est nous qui tremblons.

Guillaume, sans cesser d'être calme, reprit, parlant au roi :

— Vous pensez comme moi, sire, que, le royaume du Christ étant fondé, tous nos efforts doivent tendre à le conserver en recherchant la paix, car, aujourd'hui, une alliance vaut mieux pour nous que plusieurs victoires.

Mais le sénéchal ne le laissa pas finir.

— C'est une honte d'entendre de pareilles choses! cria-t-il. Des alliances avec les mécréants! N'êtes-vous plus chrétiens? Ah! ces païens! Ils vous ensorcèlent; tout en eux vous attire; vous prenez leurs atours, leurs armes, leur mollesse; au lieu de horions, vous échangez avec eux des présents, et même on voit cette chose incroyable : des fraternités d'armes entre des soldats du Christ et des sectaires de Mahomet.

Et, comme il y eut des murmures, il reprit :

— Il ne faudrait pas chercher bien loin... Personne ne niera qu'Homphroy du Toron, l'ancien, n'ait eu pour frère d'armes un émir de Nour ed-Din, et le comte de Tripoli...

Homphroy s'élança, tout pâle.

— Je ne permets à personne de toucher à la mémoire de mon grand-père, dit-il.

Raymond de Tripoli se contentait de ricaner en tiraillant sa barbe.

11

— Allons, paix! paix! dit le roi. Vous fatiguez le blessé.

— Haïr l'ennemi, le tuer et le piller, voilà ma devise en terre sainte, et c'est la bonne!

— Sénéchal, tu parles beaucoup, dit Amaury.

— Eh bien! bonsoir! Je vais dormir. Quand vous aurez fini vos piteux conciliabules et que ce sera aux langues d'acier de s'agiter, vous me trouverez.

— Bon somme, cousin! dit le roi.

Et Milon de Plancy s'en alla, en remuant ses fortes épaules qui lui engonçaient le cou.

— Quelle insupportable arrogance! s'écria Homphroy.

— Il nous réduit tous au silence, dit Guillaume.

Et le comte de Tripoli ajouta :

— C'est comme un bœuf affolé par les mouches : il n'y a qu'à laisser la route libre devant sa course.

— Pardonnez-lui, dit le roi, pour les rudes coups qu'il donne dans les combats, et hâtons-nous de délibérer. Quel événement a pu changer si brusquement l'amitié en haine? Voilà ce qu'il faudrait savoir. Nous étions partis le cœur en joie, comme pour une fête, à tel point que les dames nous accompagnaient et que nous avons chassé tout le long du chemin. Et voilà que nous arrivons pour relever des morts et des blessés... Nous écrirons à Raschid ed-Din, pour lui demander la raison de sa conduite, et, si c'est seulement par caprice et traîtrise qu'il a ainsi changé d'humeur, nous lui déclarerons la guerre. Direz-vous comme moi, Hugues de Césarée?

— Sire, vous parlez sagement, et, malgré que j'aie le cœur navré d'avoir vu périr autour de moi tant de braves compagnons, je me soumets à votre avis.

— Faisons comme vous dites, mais faisons vite, sire, dit Raymond; sinon, il y aurait de la honte sur nous.

— Dès l'éveil, demain, j'adresserai une lettre au prince des Assassins, et un héraut cornera devant son donjon, dit le roi en se levant.

La nuit était venue, très rapide et très profonde entre ces hautes montagnes, et, de tous côtés, dans le camp chrétien, des feux s'allumaient. Entre les pics qui dentelaient le ciel, les étoiles brillaient aussi, et toutes ces lumières, au fond de la vallée, faisaient croire qu'un lac reflétait les astres.

La tente du roi était dressée au milieu du camp. On tripla les gardes autour d'elle, et, même, plusieurs chevaliers veillèrent à l'intérieur. Sans relâche, on fit des rondes, et, de temps à autre, les sentinelles s'appelaient pour marquer leur vigilance.

Homphroy était resté auprès de Hugues. Il avait fait dresser un lit à côté du sien, et, comme le blessé, tourmenté de fièvre, ne pouvait dormir, ils causaient tous deux à demi-voix. Hugues contait l'apparition de Gazileh au moment où il croyait mourir et le bonheur céleste qu'il avait eu de la revoir. Homphroy lui parlait de Sybille, de ce voyage fait en sa compagnie. Elle le traitait comme un esclave et l'assurait de sa haine; pourtant, il continuait à porter la manche d'azur et ne se rebutait de rien. La jalousie ôtée de son cœur, il n'y avait plus que de l'amour, et il espérait vaincre à force de constance.

Pendant la route, il avait eu le bonheur de faire revenir un tiercelet à la princesse auquel elle tenait beaucoup et qui s'était échappé. Elle l'avait payé d'un « merci » bien sec, mais n'avait pu cacher le plaisir qu'elle avait à revoir son oiseau favori. Et il semblait à Homphroy qu'à cause de cela elle le haïrait moins.

Hugues, à la fin, s'assoupissait. Homphroy se tut, et il allait s'endormir à son tour, quand un cri terrible, parti du centre du camp, le fit bondir à bas de son lit et s'élancer hors de la tente.

Il se heurta à des gens demi-nus, éveillés comme lui et affolés par ce cri. On courait de-ci de-là, s'interrogeant :

— Quoi? Qu'y a-t-il? Ce cri!...

— J'en suis tout tremblant!

— Qui a crié?

— C'est chez le roi!

— Que Dieu nous assiste!

— Oui, oui, c'était la voix du roi!

— Courons...

Devant la tente royale, en effet, des lumières s'assemblaient. Tout à coup, le roi parut, en vêtement de nuit, très pâle, tremblant d'émotion et de colère. Il tenait à la main un poignard.

— Voilà comment on veille! dit-il d'une voix altérée; c'est ainsi que l'on garde le roi! Fouillez la tente. Quelqu'un y est entré, et vous l'avez laissé faire.

Sybille accourut, ses beaux cheveux blonds épars sur sa tunique blanche. Elle se jeta dans les bras du roi.

11.

— Ah! mon père, s'écria-t-elle, qu'est-il arrivé? Qui a poussé ce cri? Il m'a semblé que c'était vous!

— Chère fille! J'aurais pu t'embrasser hier pour la dernière fois.

— Ce poignard! Vous êtes blessé?

— Non, grâce à Dieu! Ou plutôt parce que mon ennemi m'a fait grâce. Voyez, messires : malgré votre vigilance, au milieu du camp, gardé par mes meilleurs chevaliers veillant dans ma tente même, ce poignard vient d'être planté au chevet de ma couche et d'y clouer ce papier!

Sybille prit le papier et lut à la clarté des torches :

« Celui qui a enfoncé là ce poignard pouvait aussi aisément le plonger dans ton cœur. »

— Je me suis éveillé en sursaut et j'ai vu briller cette lame tout près de ma tempe, dit Amaury; l'angoisse et la surprise m'ont arraché ce cri.

Sybille faisait remarquer que le poignard était empoisonné jusqu'à mi-lame et que des mots étaient gravés. Homphroy lut en arabe : « Le Khâlife de Dieu. »

— C'est ainsi que l'impudent signe ses crimes, dit-il.

On avait fouillé la tente sans rien découvrir. Tout était en ordre et tout était changé de place cependant. Les grands chandeliers qui brûlaient au pied du lit avaient été transportés au chevet ; les sièges qui étaient à droite étaient à gauche.

— Ah ! homme terrible mais lâche et sournois ! Sors donc de ta forteresse et viens te mesurer avec moi, s'écria Homphroy en tendant le poing dans la nuit.

— Pas de menaces vaines, dit le roi. Puisque Raschid ed-Dîn ne m'a pas tué, m'ayant en son pouvoir, c'est qu'il ne veut pas ma mort... Dès que le jour sera venu, nous nous efforcerons de lui faire parvenir la lettre que je vais écrire.

Amaury rentra sous sa tente et appela auprès de lui le chancelier Guillaume, qui remarqua, avec chagrin, combien le roi paraissait troublé et abattu.

— Sire, remettez-vous, dit-il : le ciel ne vous abandonnera pas.

— Ah ! Guillaume, vois à combien peu tient notre vie.

— Un soldat du Christ doit être prêt à toute heure à paraître devant son Juge.

— Ce n'est pas la mort qui m'effraye, tu le sais

bien ; mais j'ai peur d'être surpris par elle en état
de péché. Tiens... j'aurais pu m'en aller là, tout à
l'heure, sans confession, et la conscience chargée
d'une faute que je n'ai jamais osé t'avouer.

— Quoi?, mon fils! s'écria Guillaume d'un ton
sévère, vous avez des secrets pour Dieu, qui sait
tout? Voyéz à quoi cela vous expose.

— J'ai eu tort, c'est vrai... Eh bien! écoute-moi
tout de suite. Qui sait si la minute prochaine
m'appartient?

— Je vous écoute, mon fils. Confiez-vous à
Dieu : sa miséricorde est infinie.

— Voici. C'est très ancien, ce péché-là; ça
n'est pas le roi qui l'a commis, c'est le jeune
Amaury, comte de Jaffa. J'étais alors prisonnier
de Nour ed-Din. Dans la première fougue de l'ado-
lescence et trop facile à enflammer dans ce
temps-là!...

— Ah! sire! s'écria Guillaume en joignant les
mains, vous l'êtes toujours; les années n'ont rien
fait à cela, car vous ne péchez jamais que contre
la chasteté. Le sacrement de mariage, même,
n'est pas sacré pour vous, et vous donnez l'exemple du scandale!

— Si tu grondes déjà...

— Je ne gronde pas : je déplore seulement un défaut que nulle pénitence n'a pu amender.

— Cela passera, va, avec le temps, quoi que tu en penses... Donc, voilà ce que j'ai peine à confesser : Quand j'étais prisonnier du sultan, j'ai follement aimé et pris pour femme, en secret, la fille d'un prince musulman.

— Vous, le mari d'une païenne !

— D'après les lois de son pays, elle était ma femme ; mais, d'après celles du mien, je n'étais pas tout à fait son mari... Bref, le père découvrit trop tôt nos amours, et, à mon grand désespoir, la princesse me fut enlevée... Elle était grosse. C'est cela surtout qui me cause grand souci : je songe, avec effroi, qu'il est bien probablement de par le monde un fils de mon sang qui confesse Mahomet.

— Ah! sire, voilà donc pourquoi le ciel vous frappe si cruellement en la personne du très vertueux prince Baudouin, votre héritier ! Hélas ! je comprends maintenant : si la lèpre affreuse menace son jeune corps, c'est pour vous faire souvenir qu'un autre enfant, né de vous, a l'âme rongée par la lèpre de l'impiété. Il faut, à tout prix, retrouver ce malheureux, menacé de damnation, et qu'il soit purifié dans les eaux saintes du baptême.

— Oui, il le faut, dit le roi, pensif : mais où le chercher? La vie privée de ces païens est sévèrement murée, et rien n'en transpire au dehors. Enfin, tu m'aideras, et je te léguerai ce devoir sacré, si je meurs sans l'accomplir.

— Avec l'aide de Dieu nous réussirons.

Le roi mit un doigt sur ses lèvres :

— Garde le secret bien fidèlement, dit-il : si la reine savait!...

Il y avait un grand brouhaha au dehors; tout le monde était sur pied. Le camp, éveillé, ne s'était pas rendormi; de proche en proche, on se contait l'événement et ce danger mortel couru par le roi.

Le jour naissait, d'ailleurs. Les sommets devenaient roses, comme des fleurs, tandis que le fond des vallées bleuissait; puis la rosée se vaporisa, et on eût dit que des mousselines traînaient partout, si légères que la brise les déchirait. Les champs de narcisses et de giroflées embaumaient, et, dans les bouquets d'oliviers, les oiseaux, tout à la fois, commençaient leurs chants.

Le roi parut. Il s'était fait vêtir et avait dicté à

Guillaume la lettre à Raschid ed-Din. Il la tenait à la main, et l'on voyait osciller, au bout d'un ruban blanc, le sceau royal empreint sur la cire rouge.

Amaury s'arrêta sur le seuil de sa tente, sans prendre garde aux acclamations dont on le saluait.

Le merveilleux château du prince des Sept-Montagnes fascinait ses regards. Il s'élevait au delà d'une colline rocheuse qui bordait la vallée du côté du camp, et il fallait se renverser la tête pour voir son faîte, qui, recevant déjà toute la lumière du soleil, montrait des coupoles d'or, des tours et des tourelles, des murs dentés de créneaux, où des gemmes incrustées scintillaient et jetaient des flammes. Le roi mesurait de l'œil cette vertigineuse paroi que le rocher à pic prolongeait jusqu'au fond d'un gouffre. Elle était lisse et tout unie, à l'exception d'une voûte large et haute qui la perçait au niveau de la colline et que le pont-levis relevé masquait à demi. Amaury soupirait en se disant qu'assiéger ce château formidable serait une folie bien vaine et que, si les avances du Vieux de la Montagne cachaient un piège, il regrettait amèrement de s'y être laissé prendre.

Tout à coup, des trompettes sonnèrent dans le château, claires, puissantes, et si mélodieuses, qu'à les entendre un sourire naissait sur toutes les lèvres. Les chrétiens déclarèrent même qu'elles devaient être enchantées, car jamais aucune musique n'avait aussi voluptueusement caressé leur oreille.

Silencieusement, le pont-levis s'abaissa, posa son extrémité au sommet de la colline, et, du fond noir de l'ogive géante, des cavaliers, vêtus de blanc, montés sur des chevaux blancs, s'avancèrent. Ils franchirent le pont-levis et descendirent au galop la pente de la colline.

— C'est le Vieux! c'est le Vieux! criait-on.

— Il vient, sans doute, au-devant des explications, dit le roi.

Mais un écuyer accourut qui annonça des Frères de la Pureté, envoyés du Prince des Assassins.

—- Ah! ce n'est pas lui-même, dit Amaury, un peu déçu, tant il était curieux de voir enfin ce singulier personnage. Eh bien! que ces messagers approchent.

La foule s'écartait. Un seul des envoyés parut; il s'avançait à pied.

— Sois le bien-venu, mon hôte, dit le roi, que tu apportes paroles d'amitié ou de haine.

Le messager posa la main sur son cœur, puis sur son front, et il dit, dans la langue des Francs :

— J'apporte la réponse du prince des Sept-Montagnes, khalife de Dieu, notre Seigneur Raschid ed-Din — que sa bénédiction soit sur nous !

— La réponse ?...

— A la lettre que vous tenez à la main.

— Mon sceau est intact cependant.

— Notre Seigneur sait lire à travers tous les voiles et toutes les distances.

Les assistants se poussaient du coude et chuchotaient :

— C'est le diable !

— S'il répond vraiment, voilà un miracle.

L'envoyé tendait une lettre à Amaury, qui la prit et rompit les cachets.

Tous les chevaliers s'étaient rassemblés devant la tente royale. Hugues même, malgré le médecin, s'était traîné jusque-là. Un grand silence régnait. On épiait le visage du roi, qui, tandis qu'il lisait, était devenu très pâle, puis s'empourpra.

— Par l'enfer ! s'écria-t-il bientôt, sans cacher

la colère qui lui étranglait la voix, s'ils ont fait cela, je jure qu'ils s'en repentiront!... Lis tout haut, Guillaume! toi qui détestes si fort les Templiers.

Et il tendit la lettre à l'archidiacre, qui la prit en disant :

— Rien de bon ne peut nous venir d'eux.

— Lis! lis!...

Guillaume, d'une voix haute, lut ceci :

« Louange à Dieu, maître de l'Univers. Que ses bénédictions reposent sur ses prophètes!

« Tu me demandes pourquoi j'ai livré bataille à tes soldats, qui me croyaient ami, et tu m'accuses de trahison. Lequel de nous est un traître? Où est mon ambassadeur Abou Abd-Allah? Quelle réponse as-tu faite à mes paroles de paix! Triste royaume que le tien si, vraiment, tu ignores toujours ce qui s'y passe! Abou Abd-Allah gît égorgé, sur le chemin qui sépare tes domaines des miens. Ta réponse, ce sont les Templiers qui l'ont lue, puis jetée au vent. Si tu es encore en vie, c'est que j'ai bien voulu croire que, peut-être, tu ignores aussi ce crime. Hâte-toi de me donner réparation, et sache, qu'avant cela, toi et tes soldats vous ne sortirez pas de mes possessions. Essayez de fuir si vous voulez. »

Des cris d'indignation s'élevèrent de tous côtés :

— Égorger un ambassader portant sauf-conduit du roi!

— Un chrétien!

— Notre parole tournée en dérision!

— Vraiment, les seigneurs du Temple nous déshonorant! dit l'archidiacre Guillaume.

— Leur insolence n'a plus de bornes! s'écria le roi. Ne dirait-on pas qu'ils sont sûrs de l'impunité? Oublient-ils donc que c'est moi qui fis pendre douze d'entre eux, comme de simples manants, quand ils rendirent à l'ennemi la forteresse de Tyr? Par la Sacrée-Hostie! Je leur rafraîchirai la mémoire!...

Le messager, impassible, attendait.

— Pardonne à ma surprise et à ma colère, continua Amaury, en s'efforçant de se calmer. Dis à ton maître que je suis honteux et navré jusqu'à l'âme de ce que je viens d'apprendre. Il m'avait bien jugé en pensant que je l'ignorais et il peut me plaindre, en effet, de la façon dont on trahit mon autorité royale. Quelle réparation exige-t-il? Je n'aurai pas de repos qu'elle ne lui soit donnée.

— Notre Seigneur Raschid ed-Din, — sa bénédiction soit sur nous! — eu égard au sang des tiens qu'il a versé dans le premier emportement de son indignation, exige seulement que celui qui a frappé Abou Abd-Allah soit dénoncé et puni de mort.

— Certes! c'est grand'pitié que tant d'innocents aient payé pour le coupable. Mais le forfait est si odieux qu'il me faut reconnaître que cette cruauté, déplorée par nous avec des larmes, est équitable; ton maître montre même une modération dont je lui sais gré. Dis-lui que c'est de ma propre volonté que moi et mes soldats nous resterons sur son territoire. Je jure que pas un de nous, excepté le messager que je vais envoyer, sur l'heure, à Odon de Saint-Amant, le Grand Maître du Temple, ne quittera ce lieu avant que le coupable ait expié son crime.

— C'est bien! Sois donc en paix : tu es ici à l'abri de tout mal.

— Dieu te garde! dit le roi.

L'envoyé remonta à cheval et, suivi de ses compagnons, gravit au galop la colline. Puis les sabots des chevaux sonnèrent, comme sur un tambour, contre le bois du pont-levis, qui se releva derrière la petite troupe et masqua de nouveau la haute porte ogivale, étouffant subitement la claire fanfare des trompettes enchantées.

VII

Dans cette vallée délicieuse, le camp d'Amaury
s'étalait à l'aise sur la pente douce d'une prairie,
couverte d'anémones et parsemée de bouquets de
bois. Les bannières, haut plantées devant les
tentes des seigneurs, flottaient mollement, et les
somptueuses étoffes dont elles étaient faites, leurs
brillantes couleurs, frangées d'or et richement
brodées, enveloppaient d'un frisson joyeux cette
ville improvisée.

Les damoiseaux et les chevaliers couraient tout
le jour à cheval, escortant la princesse Sybille et
les nobles dames qui l'avaient suivie dans ce
voyage. On explorait les gorges voisines, on allait
à la découverte, sous l'ombre fraîche des térébin-

12.

thes, on buvait aux cascades et, pendant des heures, on s'amusait à faire répondre l'écho.

Homphroy était toujours auprès de Sybille, qui affectait de ne lui point parler. Et, pendant ce temps, Hugues, trop faible encore, restait dans le camp, assis au bord de la petite rivière, une rivière pressée, qui courait très vite en remuant de jolis cailloux bleus. Il regardait le fantastique château, qui changeait d'aspect à chaque heure du jour : tout vermeil au soleil levant, il flamboyait à midi et, le soir, paraissait noir comme du velours, sur le ciel empourpré. Parfois, il semblait se reculer, vaporeux et comme prêt à se dissoudre, ou bien des nuages s'enroulaient à ses tours comme des écharpes à demi nouées. Hugues, avec ferveur, le contemplait, l'étudiait, cherchait par les yeux de l'esprit à voir à travers les murailles. Elle était là. C'était vrai ! Son lourd désespoir l'avait quitté ; son sang courait vif et ardent, dans ses veines à présent. L'impossible s'était réalisé : il l'avait revue, et cette vie par lui offerte à Dieu pour la revoir, c'est elle qui, miraculeusement, la lui avait conservée. Ah ! il n'y tenait maintenant que pour la servir. N'avait-elle pas dit : « Adieu, mon chevalier... »

Et il rêvait de folles escalades, ne se lassait pas de guetter.

Parfois, le comte de Tripoli, croyant le distraire, venait lui tenir compagnie. Il lui contait, longuement, l'histoire de cette captivité de huit années, pendant lesquelles il avait vécu dans l'intimité des Sarrasins, où était née la sincère amitié qui le liait à Saladin.

— Il m'a juré même, disait-il, de me prêter main-forte si j'en ai jamais besoin pour une querelle personnelle.

Hugues, qui suivait sa rêverie, l'écoutait à peine, et il souriait de temps en temps, par courtoisie.

Un jour, le soleil trop brûlant les chassa du bord de la rivière, et ils gagnèrent un bouquet d'oliviers pour s'asseoir à l'ombre. Au moment d'y arriver, Raymond de Tripoli trébucha sur quelque chose.

— Au diable, s'écria-t-il, j'ai failli choir! Qu'avons-nous là?

Et, de derrière un buisson, il tira, par les pieds, un corps inerte.

— Tiens! continua-t-il, quelle surprise! Voyez donc : c'est votre écuyer.

— Urbain! Il est mort?...

— Non, certes : entendez comme il ronfle.

— Comment se peut-il qu'il soit là?

— Son retour est aussi mystérieux que son départ... Eh! l'ami!

Hugues le secoua.

Urbain ne s'éveilla pas, mais se mit à parler, d'une voix brève, comme s'il rêvait :

— « Que la musique joue, maintenant, très doucement et que les danseuses s'éloignent. Je ne veux près de moi que les princesses qui m'éventeront avec leurs cheveux. »

— Que dit-il là?

— Par la Sainte-Messe! il a de beaux rêves!

Et Raymond, riant d'un large rire, les mains sur les cuisses, se penchait pour mieux entendre.

— « Vraiment, damoiselles, vous êtes exquises. Vos parfums me mettent la tête à l'envers, et vos charmes me transportent. Par Allah! je suis un homme heureux. »

— Il blasphème! s'écria Hugues.

— Éveillons-le. Il va se damner en dormant.

Urbain se débattait, violemment secoué.

— « À moi les phalanges célestes! cria-t-il. Défendez-moi! Le diable est entré ici... »

— Eh! coquin! Est-ce ainsi que l'on traite son seigneur?

Et Hugues lui donna sur la tête une tape qui l'éveilla net.

— Mon seigneur!... balbutia-t-il. Comment?... Où suis-je?

— Tu t'éveilles enfin! dit Raymond. Raconte un peu d'où tu viens.

Des écuyers, attirés par cette scène, s'étaient approchés et, curieusement, regardaient.

Urbain disait d'un air égaré :

— Moi! je suis mort... J'étais au ciel.

— Ah! ah! il est fou, le pauvre sire.

— Fou! non pas, s'écria Urbain, en se levant. Que se passe-t-il?... Où sont mes habits d'or et de soie? Où sont mes pierreries? Et les princesses?... Disparues!... Voici bien mon maître... Voici des rochers, des arbres!... Ah! quel malheur! Je suis vivant! J'aurai donc rêvé?...

— Explique-toi, voyons! Tu nous lasses, dit Hugues.

Et le comte de Tripoli, s'asseyant sur l'herbe, ajouta :

— Narre un peu ton aventure.

Urbain, l'air égaré, cherchait à rassembler

ses souvenirs, il dit enfin, d'une voix entre-coupée :

— Après ma mort... je m'éveille au son d'une grande mélodie, je respire un air plein de parfums, si doux! si doux, que je me pâme de plaisir. J'ouvre les yeux. Quelle surprise! Un jardin enchanteur, sablé de poudre d'or, des portiques, des fontaines, des grottes d'émeraude!... Ah! que c'était beau, que c'était beau!

— Quel délire! dit Hugues.

— Ensuite, qu'advint-il? demanda Raymond.

— Une voix délicieuse laisse tomber ces mots : « Mort sur la terre, tu t'éveilles au paradis d'Allah, le vrai dieu! Désire, ordonne : tous tes vœux seront réalisés. » Alors, ayant grand'faim, j'ai désiré un bon repas. Ah! jamais pareille cuisine n'a caressé le palais d'aucun roi de la terre! J'ai mangé, mangé, avec une si singulière gloutonnerie que, partout ailleurs qu'au paradis, je serais mort d'indigestion... Et puis...

Urbain, hésitant, baissait les yeux.

— Eh bien?

— C'est que j'ai eu d'autres fantaisies... Mon cœur était affamé aussi... Enfin, je n'ose vous dire... Sachez seulement que, là-haut, tout était

supérieur aux choses de la terre, dans les mêmes
proportions que la cuisine.

Le comte de Tripoli éclata de rire :

— C'est donc pour cela, coquin, qu'en rêve tu
jures par Allah?

— Mais, au ciel, c'est ainsi qu'on appelle Dieu.

— Misérable! s'écria Hugues en le saisissant à
la gorge.

Raymond le retint.

— Laissez-le, seigneur, dit-il : le malheureux
n'a pas toute sa raison. Je devine ce qui lui est
arrivé. Les affidés du Vieux de la Montagne lui
auront fait boire le haschîsch, ce philtre magique
qui donne des extases.

— Vous croyez?

— Ce n'est pas la première fois que j'entends
pareil récit. Voyons, continua-t-il, en s'adressant
à Urbain, brave écuyer, vaillant défenseur du
Christ, secoue cette torpeur et tâche de te souvenir. Où étais-tu? Que faisais-tu au moment de
ta mort?

— Ma foi, je devisais gaiement avec des inconnus
fort courtois.

— Des païens?

— Non, des écuyers comme moi.

— Où cela?

— Dans le camp chrétien, établi ici depuis quelques heures à peine.

— Et ces hommes t'ont fait boire?

— M'ont-ils fait boire?... dit Urbain, cherchant à se souvenir. Oui, oui, l'un d'eux a versé de sa gourde dans mon gobelet.

— Vous voyez, seigneur Hugues, c'est bien cela. Il est tombé dans un sommeil léthargique, pendant lequel les Assassins l'ont enlevé, et il s'est réveillé... au ciel! On vient de le rapporter sur terre par le même procédé.

— Est-ce possible?... disait Urbain consterné.

— Dans quel but ce magicien enlève-t-il ainsi les nôtres, demanda Hugues, pour les rendre bientôt sains et saufs?

— Ah! que sais-je? répondit Raymond. Il les enivre par des délectations diaboliques, qui troublent leur raison et ébranlent leur foi. Puis le malheureux qui a goûté de ces choses émerveille ses compagnons par le récit qu'il en fait et, volontiers, il se rendrait esclave du magicien, pour retrouver les délices perdues. Regardez votre écuyer : il a l'air fort navré d'être en notre compagnie.

— Malheureux! s'écria Hugues, tu ne songes pas à te repentir, et à faire une prière d'action de grâce pour remercier Dieu de t'avoir tiré des griffes de Satan?...

L'écuyer se jeta à genoux; mais sa prière fut peu orthodoxe :

— Seigneur Jésus-Christ, disait-il, je vous rends grâce de m'avoir ressuscité et je vous supplie de me recevoir bientôt dans votre paradis s'il ressemble à celui d'où je sors.

— Vous l'entendez!

— Sa cervelle sera longtemps troublée par le philtre qu'il a bu.

— Allons, dit Hugues, va trouver mon aumônier et confesse-toi à lui. Ne reparais pas devant nous avant d'avoir fait pénitence. Loin d'ici, damné!

Urbain baissa la tête et s'éloigna; mais il grommelait à part lui :

— On avait plus d'égards pour moi dans le paradis d'Allah!

VIII

Comme un aigle dans son aire, qui de haut contemple le monde, Raschid ed-Din, au sommet du
donjon, couché sur un lit de repos, rêveusement,
laissait tomber ses regards sur le merveilleux
chaos de pics, d'abîmes, de forêts et de vallées
dont le tableau, noyé de soleil et de brumes d'or,
se déployait au-dessous de lui.

Cette altitude de laquelle il planait était comme
un symbole de sa vie. Il s'était élevé, en effet, sur
les ailes de sa volonté, au-dessus des hommes, au-
dessus des faiblesses mortelles, au-dessus des lois
et des dogmes. Sans être roi, il était plus que
les rois ; sans armée, il repoussait les armées ; il
n'avait pas de sujets, mais des disciples, fanatisés

jusqu'au délire. Pour eux il était le vrai Dieu, et ils mouraient pour lui en le bénissant. Les mystères de la nature, il avait su les pénétrer. « Il disposait du clair de lune », était maître de la foudre, composait le philtre magique qui entr'ouvrait le paradis.

Le Prince des Assassins, le Scheikh-el-Djebel, que les Francs appelaient le « Vieux de la Montagne », avait trente ans à peine et était souverainement beau.

Il fallait l'être d'ailleurs : la moindre imperfection physique, la moindre infirmité, l'eût fait déchoir de son rôle divin.

Des prunelles d'aigle, sous de longues paupières, qui ne cillaient presque jamais, une pâleur ambrée, entre les boucles noires des cheveux et la barbe fine et touffue, une bouche dédaigneuse, d'un rouge ardent, dont le sourire, bien rarement, découvrait les dents, petites et charmantes, une expression habituelle de fierté sereine, d'inflexible volonté, une majesté presque surhumaine, qui mettait, entre lui et ceux qui l'approchaient, des espaces et des abîmes.

Pour vêtement, il portait une ample simarre blanche, serrée à la taille par une ceinture pourpre.

Le coude sur un coussin, les doigts dans les cheveux, il semblait statue par son immobilité; mais la contraction de ses grands sourcils, l'éclat fixe de son regard et le léger frémissement de ses lèvres, dénonçaient, sous cette inaction, l'activité d'ardentes pensées.

Se revoyait-il, tout jeune encore, tourmenté d'ambition et riche seulement de son génie, quittant secrètement la Chaldée, où il était né, pour se rendre à pied, en pèlerin avide d'initiation, à l'illustre et redoutable château d'Alamout, en Perse, où résidait le Grand Maître des Ismaïliens? Se souvenait-il de cette matinée, qui était l'aube de sa fortune, où le Grand Maître, devinant dans l'enfant inconnu une créature d'élection, l'avait accueilli si paternellement, déclarant qu'il le ferait élever avec ses fils et initier à tous les mystères de la secte?

Le temps venu, on avait tenu la promesse.

Il avait appris, alors, que, bien au-dessus du dieu révélé par le Qorân au vulgaire, inaccessible à la conception humaine, le vrai Dieu est. Il a créé l'univers, non pas immédiatement, mais par le ministère d'un être sublime, né de sa volonté : la Raison Universelle. A son tour, la Raison mani-

13.

festa, hors d'elle-même, l'Ame Universelle qui créa aussitôt la Matière Primordiale, le Temps, l'Espace. Ces cinq principes sont les causes de l'univers.

L'homme est une émanation des cinq principes et il tend passionnément à remonter à sa source. Son but est l'assimilation, l'union parfaite avec la Raison Universelle. Mais par sa seule force, il est incapable de réaliser cette union ; c'est pourquoi, afin de le guider vers la lumière, la Raison et l'Ame universelles viennent s'incarner parmi les hommes, dans le corps des prophètes et des imans.

Depuis l'origine du monde, six périodes religieuses, toujours en progrès l'une sur l'autre, se sont succédé, chacune marquée par l'incarnation d'un prophète : Adam, Noé, Abraham, Moïse, Jésus et Mahomet.

Mais, à côté de Mahomet, qui révélait aux hommes la lettre de la religion, il y avait Aly, son gendre, plus mystérieux et plus sublime, qui en dévoilait le sens réel, à quelques esprits d'élite seulement. Et, après sa mort, Aly transmit son essence divine à ses descendants.

Sept fois, son âme s'incarna dans les aînés de sa race, qui, après lui, furent imans jusqu'à Ismaïl, le fondateur de la secte Ismaïlienne.

Avec lui prit fin la sixième période du monde. La septième et dernière commençait, la plus parfaite. Et ce fut alors non plus l'Ame et la Raison Universelles qui s'incarnèrent dans un homme, mais Dieu lui-même.

Sa première manifestation fut le khâlife Hakem, qui régnait au Caire, et, après lui, son successeur, le khâlife Mostansér, fut dieu.

A cette époque, un homme obscur, un paysan, nommé Hassan ben Sabbah, ami du grand poète Omar Kheiyâm, se fit initier à la religion ismaïlienne. Voulant voir alors le chef auguste de la secte, il se rendit au Caire et fut bien reçu à la cour. Mais, après un an de séjour, devenu suspect d'ambition, il fut persécuté et exilé du pays. Il retourna en Perse, résolu à préparer sa vengeance. Il se mit à prêcher avec ardeur la doctrine ismaïlienne, répandit partout des missionnaires et parvint à fanatiser un grand nombre de nouveaux adeptes. Il se fit alors livrer le château fort d'Alamout, situé dans les montagnes, sur les rivages de la mer Caspienne, et, sans se révolter contre le pontife du Caire, se donnant seulement pour son mandataire, il établit sa puissance sur toute la contrée.

La voyant solidement établie, il songea à châtier ceux qui avaient voulu lui nuire et il institua le corps des Fidawis (les fidèles). C'étaient de jeunes hommes, dévoués jusqu'à la mort, la désirant même avec ardeur, car elle était, pour eux, la porte d'un paradis de volupté, dont leur maître, déjà sur cette terre, leur avait par sa magie fait goûter les délices. Ils obéissaient aveuglément; armés du poignard empoisonné, implacables, invincibles à force de témérité, ils frappaient les victimes désignées, sans colère comme sans pitié.

Après Hassan ben Sabbah, trois Grands Maîtres se succédèrent à Alamout, toujours soumis aux pontifes du Caire, jusqu'au jour où un des Grands Maîtres, Hassan ben Mohammed, sentit en lui la présence divine et se déclara l'iman, le khâlife de Dieu sur la terre.

Cet Hassan ben Mohammed était le compagnon d'étude de Raschid ed-Din, et, dès qu'il fut au pouvoir, il investit son jeune ami de la dignité de Grand Maître des Ismaïliens de Syrie, où, depuis longtemps, le grand maître de Perse avait un mandataire.

Raschid entra alors en Syrie, secrètement, et vint s'établir dans les monts de l'Anti-Liban, aux

environs du château où résidait le vieux chef des
Ismaïliens de la contrée.

Durant sept années, le nouveau venu laissa tout
ignorer de lui. Il vivait d'aumônes, comme le plus
pauvre des derviches, ne se montrait que vêtu de
grossiers habits de poil, et cependant il inspirait
le respect, l'admiration, plus encore : la reconnaissance ; car le médecin d'Irâk, comme on l'appelait, guérissait tous les maux, même ceux de
l'âme. Aussi, bien avant qu'il eût révélé sa dignité,
on le tenait pour un être surnaturel, ayant des
relations avec le monde invisible.

Un jour il entra dans la chambre du Grand
Maître et lui annonça sa fin prochaine ; puis il
déploya devant lui le diplôme d'investiture qui le
nommait son successeur. Le vieux chef s'éteignit
en effet, et Raschid fut Grand Maître après lui.
Mais Hassan ben Mohammed était mort aussi, à
Alamout, et il léguait au compagnon de son enfance
le plus magnifique des héritages : la Divinité.

Et, en effet, pour plus de soixante mille croyants,
Raschid ed-Din était une incarnation de la Véritable
Existence, de l'Essence des Essences, et son âme
ne contenait aucune parcelle de néant.

Cependant, tandis qu'il rêvait, immobile, au-

dessus des paisibles abîmes, son âme si divine,
comme un ciel où naît l'orage, s'emplissait d'ombres tumultueuses. Une tempête, peut-être, la
ravageait, sans que le corps, impassible, voulût
rien en laisser paraître ; mais, ainsi que des reflets
d'éclair, des redoublements de pâleur blémissaient
la face, trahissant la tourmente intérieure.

A quelques pas du prophète, un vieillard, noir
de visage, à barbe blanche, le chambellan Dabboûs, se tenait debout, les bras croisés sur la poitrine, et regardait son seigneur avec une anxiété
croissante.

Enfin il éloigna, d'un geste, les esclaves qui
rythmaient le silence en faisant sourdement vibrer
les cordes des rébabs, et il se rapprocha du maître.

— Toi, l'inaccessible, dit-il, le prophète inspiré, le khâlife de Dieu, qu'as-tu donc ? Quelle
lourde tristesse pèse sur ton cœur et t'absorbe tout
entier ?

Raschid eut un sursaut et répondit évasive-
ment :

— Quoi ?... Je n'ai rien.

— O seigneur ! dit Dabboûs, à quoi bon
retarder ta réponse ? Ne suis-je pas ta conscience ? Souviens-toi de tes propres ordres. Suis-

moi, m'as-tu dit, suis-moi dans mon ascension
glorieuse, pour me préserver de l'orgueil et du
vertige de la puissance; signale-moi mes fautes,
mes faiblesses; surveille mon âme, afin qu'aucune des misères humaines ne puisse l'atteindre;
sois vigilant et rigide, et que rien, pas même ma
colère, ne te détourne de ta mission. J'ai juré de
t'obéir. Raschid ed-Din, je suis ta volonté même,
incarnée et vivante. Écoute donc ta propre voix,
qui te crie par ma bouche : « Prends garde! Prends
garde! ton âme chancelle. »

Avec un mouvement d'impatience, le prince dit
d'un ton ironique :

— Ton zèle t'égare, ou bien ta vigilance est en
défaut, puisque tu ne l'as pas vu naître, ce mal,
que tu signales aujourd'hui, sans pouvoir dire
quel il est.

— L'incapacité du médecin n'est pas en
cause. Ah! prophète, cette réponse est indigne
de toi!

— Que veux-tu?... dit Raschid avec plus de
douceur. J'ai vraiment honte de t'avouer quelle
piqûre infime me fait souffrir... D'ailleurs, c'est
passé; ce n'était rien.

— Ce n'était rien! Et, pour la première fois,

une défaillance de ton esprit est cause qu'une légère tache a éclaboussé ta gloire.

Le prince eut un froncement de sourcils qui eût fait frémir tout autre que Dabboûs. Celui-ci reprit d'une voix plus haute :

— Oui, seigneur, c'est par ta faute que les Fidèles, envoyés par toi au secours d'un de tes alliés, ont été surpris. Les oiseaux rapides t'apportaient la nouvelle de l'embuscade; mais tu t'es rendu trop tard, au sommet de la montagne, pour recevoir leur message, et les fidèles sont tombés dans le piège.

— Le mal est réparé déjà, et l'éclat de cent victoires efface cette légère ombre.

— C'est passé, dis-tu, et ce n'est pas le souvenir de cet échec qui creuse ce pli soucieux sur ton front!

— Je te trouve audacieux d'affirmer cela.

Plein de tristesse, Dabboûs s'agenouilla et tendit un poignard nu à Raschid.

— Maître, dit-il, fais-moi la grâce de me tuer, si je dois voir un esprit tel que le tien s'abaisser jusqu'au mensonge.

Mais Raschid, vivement, le releva.

— Pardonne-moi, Dabboûs, dit-il. Si je taisais

la cause misérable de ce tourment, indigne de moi, c'était pour mieux l'étouffer dans son germe.

— Mais tu es malade! tes mains brûlent! s'écria Dabboûs.

— J'ai la fièvre, n'est-ce pas? c'est une maladie, une démence! Eh bien, guéris-moi si tu le peux, et ris de l'orgueilleux prophète : Pour la première fois, il est vaincu et c'est une femme qui triomphe de lui.

Alors Dabboûs, rassuré, prononça avec un dédain suprême :

— L'amour?

— L'amour! répéta Raschid gravement.

Mais le vieillard souriait.

— Gazileh, n'est-ce pas?

— Gazileh! ce nom sur mes lèvres est une liqueur divine qui suffit à m'enivrer.

— L'ardeur de ta jeunesse et l'austérité de ta vie excusent cette griserie passagère... Mais je ne comprends pas le tourment. La jolie princesse est en ton pouvoir. Ce sera une beauté de plus dans ton harem, déjà peuplé de houris.

— Non, non, jamais! Je serais perdu! La seule pensée qu'elle pourrait être à moi, me donne un

tel vertige que j'en suis épouvanté! Mais tu ne
comprends donc pas? Pour la première fois, il
m'a saisi, ce mal terrible, auquel je ne pouvais
croire. Si je cède, vois-tu, c'est fait de moi. Cette
puissance, presque surhumaine, conquise par
tant de labeurs et qui, pour ne pas déchoir, exige
toute ma volonté, toutes mes forces, s'écroule-
rait dans les fleurs; et le prophète formidable,
dont le nom seul fait trembler les rois, ne
serait plus rien..., plus rien qu'un homme heureux!

Dabboûs souriait toujours.

— Quelques semaines de folie, dit-il, puis une
illusion qui se dissipe, et la sagesse triomphant.

— Ne crois pas cela! s'écria Raschid. Ce n'est
plus le charme passager qui s'exhale de mes
belles amantes comme des fleurs le parfum. C'est
quelque chose de violent et de douloureux, une
obsession, une brûlure, une force qui brise ma
volonté. Je veux chasser cette pensée, et elle seule
emplit mon esprit. Cette femme je la fuis, et je ne
vois qu'elle!

— Tu la fuis?

— Depuis le jour où je l'ai reçue ici, avec les
égards que son rang exigeait, je ne l'ai pas revue,

si ce n'est par surprise, de loin, un instant, quand elle erre, rêveuse et triste, dans ce château où je la laisse libre.

— Tu la fuis?... Pourquoi cette lâcheté? Tu es le jouet d'un prestige, seigneur, d'une illusion créée par toi. Chaque jour que tu passes loin de Gazileh, tu la revêts d'une beauté nouvelle. Ta pensée, dardée sur elle, l'enveloppe d'un nimbe de lumière, qui t'éblouit toi-même. Va, ne crains rien. Quelle femme peut égaler ton rêve? Mais celle-là seule que tu rêves, peut déchirer le voile splendide dont tu la pares, en se montrant telle qu'elle est vraiment. Garde-toi de l'éviter; rapproche-toi d'elle au contraire, rassasie ton esprit de son babil d'enfant, sonde le vide de son âme, l'inanité de ses pensées, la folie de ses caprices, et lorsqu'il ne lui restera plus à tes yeux que sa beauté fragile, prends-la pour femme, et oublie-la bientôt.

— C'est là le conseil que me donne ta sagesse? s'écria Raschid dans une agitation joyeuse : la revoir? Tu le veux!... Dabboûs, ne t'y trompe pas... c'est par lâcheté que je céderai à ton conseil, sans croire nullement qu'il soit judicieux. Mais il est trop tard pour le reprendre; tu as tranché

les liens dans lesquels je tenais captif mon désir
le plus ardent: C'est un fauve affamé qui a rompu
sa chaîne : ne tente plus de le retenir.

— Plus l'élan est vif, moins longue est la
course.

— La voir! murmurait le prince. Depuis que
j'existe aucune émotion n'a fait à ce point brûler
mon sang... J'ai peur de mourir.

— Khâlife de Dieu! tu guériras, dit le vieillard,
en baisant la main de son seigneur.

IX

Après l'alanguissante chaleur du jour, une brise accourait de la mer, un peu avant le coucher du soleil, se roulait mollement dans les vallées, et soulevait jusqu'aux sommets, les parfums des parterres pâmés.

C'était comme une renaissance pour les vivants; on s'éveillait de la lourde sieste; les poumons humaient l'air rafraîchi; l'énergie revenait, et une animation joyeuse succédait au morne silence de l'après-midi.

Dans le château de Raschid ed-Din, au-dessus de la première muraille, régnait un large chemin de ronde, où Gazileh se promenait de préférence. Il donnait sur la vallée et sur la ville, il était le

14.

point le moins élevé de ces constructions prodigieuses, qui se haussaient, les unes au-dessus des autres, jusqu'au pic suprême.

Ce jour-là, comme d'ordinaire, la jeune princesse vint se promener sur la muraille, accompagnée de son amie Nahâr, qui souriait avec un peu de malice.

— J'étais bien sûre que c'était là que nous venions, disait-elle. Les jardins, les plus magnifiques qui soient au monde, ne sont rien pour toi à côté de cette crête de mur, et je ne serais pas grande magicienne si je devinais pourquoi tu l'aimes tant.

— Vraiment, dit Gazileh, n'est-ce donc pas parce que l'air y est plus vif et que, de là, on découvre toute la vallée? Voir de l'espace, c'est quelque chose pour une prisonnière.

— Oui! oui! reprit Nahâr, l'espace! Pourtant il y en a plus encore à l'orient du château; mais nous n'allons jamais par là : il ne te plaît que de ce côté-ci... C'est donc qu'il y a espace et espace, et que tu préfères celui qui enveloppe les tentes des Francs.

— Tu crois?...

Et Gazileh, en souriant, s'accouda dans un

créneau, laissant courir ses regards, par-dessus l'épaisseur du mur et l'abîme qu'elle ne voyait pas, sur le vallonnement verdoyant et fleuri.

— Oui, continua Nahâr, s'appuyant de l'épaule au merlon voisin, d'ici l'on découvre tout le camp des infidèles, et même, par moments, les nobles chevaliers sont reconnaissables à l'éclat de leurs armes, que le soleil fait étinceler. On les voit, dans leur désœuvrement, s'en aller par groupes nonchalants, ou bien ils s'exercent au combat, et l'on suit avec intérêt les cavaliers qui roulent l'un vers l'autre et se joignent dans un choc, dont nous entendons le bruit. Mais, de si loin, dans cette foule, comment reconnaître le beau chevalier auquel on pense ?

— En effet, c'est impossible, dit Gazileh avec un soupir. Ah! je voudrais seulement savoir s'il a survécu à cette terrible blessure, que j'ai pansée de mon mieux.

— Tu répondais de sa vie. Il est guéri certainement.

— Songe-t-il encore à cette musulmane qu'il a juré de défendre?...

— Puisqu'il l'adorait depuis trois ans!

— Ne crois-tu pas, Nahâr, qu'il avait le délire

quand il nous a fait cet invraisemblable aveu?

— Il a su donner des preuves qu'il disait vrai.

— Comme c'est singulier!... Et que justement je sois allée à lui. Une force me poussait. Cela, sans doute, plaisait à Dieu, qu'il avait si ardemment prié. Mais la pensée du sacrilège a déjà étouffé, peut-être, cette flamme fragile.

— Ah! ne crains pas cela! s'écria Nahâr : la peur du sacrilège, au contraire, soufflera sur le feu, à la façon de l'ouragan et en fera un incendie.

— Es-tu savante! dit Gazileh en souriant.

— Toutes les femmes le sont sur ce sujet; mais toutes sont imprudentes. Et, pour faire exception, moi, je t'avertis, ma princesse, que tu penses beaucoup à cet infidèle et que tu laisses croître dans ton cœur, un sentiment qui ne peut te procurer que des chagrins.

— Que veux-tu? c'est la dernière vision que j'ai emportée dans ma prison... Toujours je revois cette tête mourante, si pâle dans la pourpre qui l'inondait, ces boucles éparses, cette barbe d'or, et l'extase de ces yeux clairs, quand ils reflétèrent mon image. Cela m'est très doux de savoir qu'une pensée monte vers moi, ardente et fidèle, qu'un dévouement veille, prêt à tout. Mon chevalier ne pourra me secourir, mais il m'aide, au moins, à supporter plus patiemment ma captivité.

— Mais que crains-tu donc, maîtresse, dans ce château plein de merveilles, où l'on te traite comme une reine? Le terrible prophète, nous ne l'avons vu qu'une fois, et il nous est apparu tellement imposant et beau que nous avons été pénétrées pour lui d'admiration et de respect.

— Oui, dit Gazileh, Raschid ed-Din est revêtu d'une majesté divine, et pourtant il m'épouvante. Quand il m'a priée de lever mon voile, son lourd regard, pesant sur moi, m'a rendue tremblante et sans souffle, comme une colombe qu'un aigle va saisir. Ah! qu'une femme est peu de chose pour lui! Il la brisera, sans colère ni pitié, pour le plus faible motif.

— Mais ton oncle, qui t'aime si tendrement, ne donnera au prince des Montagnes aucun sujet de mécontentement aussi longtemps que tu seras entre ses mains comme otage. Que redoutes-tu donc? Nous sommes plus libres dans ce château que nous ne l'étions dans le harem, et tous nos désirs sont comblés sans que nous les formulions.

Pourtant, gagnée par tes alarmes, sans cesse j'épie, j'écoute, je tâche de surprendre quelque complot terrible contre notre vie; mais je n'ai rien vu, rien entendu. Nous n'avons pas plus à craindre ici que les oiseaux de la volière et les fleurs des jardins.

— C'est possible! Je suis folle peut-être. Eh bien, ne pensons plus à cela. Je veux chasser cette étrange appréhension qui me serre le cœur..... Vois donc, Nahâr, dit-elle, après un long moment de rêverie, cette colline qu'une haute bannière surmonte. Les tentes, alentour, sont plus belles qu'ailleurs, et, de temps en temps, des fanfares résonnent de ce côté. Le roi franc est sans doute établi à cet endroit.

— Cela doit être, dit l'esclave : toute l'armée entoure le mamelon comme pour le protéger; et ces taches brillantes qui enveloppent la colline comme une guirlande de fleurs, ce sont, je crois, les riches étendards des princes, plantés en terre devant l'entrée de leur tente.

— C'est donc de ce côté que doit être le seigneur Hugues de Césarée,... mon chevalier!

— Prends garde, dit tout à coup Nahâr, quelqu'un vient.

De beaux noirs d'Abyssinie, vêtus d'amples tuniques de damas pourpre et or, des sabres à riches poignées passés dans les plis de leurs ceintures, s'avançaient d'un pas cadencé et majestueux.

Gazileh se retourna vivement.

— Ce sont des esclaves du palais, dit-elle.

— C'est toi qu'ils cherchent.

Les esclaves, en effet, s'arrêtèrent devant la princesse, et l'un d'eux lui dit, en s'inclinant devant elle :

— Notre Seigneur désire ta présence.

Gazileh avait pâli et porté la main à son cœur ; mais elle eut honte de sa faiblesse et répondit, d'une voix tranquille :

— Je suis prête à obéir.

Pour lui éviter toute fatigue, on posa près d'elle une litière légère, et, quand elle s'y fut assise, deux porteurs la soulevèrent et l'emportèrent. Ils marchèrent longtemps, à travers les vastes galeries du château, par les merveilleux jardins, et s'arrêtèrent enfin devant un kiosque d'or ajouré, cerné d'un fossé plein d'eau de rose que traversait un pont de marbre roux, figurant une gazelle bondissante.

Raschid ed-Din s'avança vers la jeune fille, l'enveloppant d'un regard avide; l'assouvissement de ce désir de la voir, si longtemps dompté, lui apportait une émotion nouvelle, tellement intense qu'il fut un moment incapable de parler. Un apaisement lui vint ensuite, un sentiment de bien-être et de repos, une détente des nerfs, un rafraichissement délicieux, comme doit l'éprouver la terre desséchée après le bienfait d'une pluie d'orage.

Oppressée sous le poids de ce regard, Gazileh baissait les yeux, et, doucement, la houle de son sein faisait bruire son collier d'or.

— Approche, jeune fille, dit enfin Raschid, en tendant la main vers elle comme pour l'attirer. Je veux obtenir mon pardon, car j'ai manqué de courtoisie : absorbé par les soins de la guerre, n'ai-je pas paru oublier l'adorable princesse qui embellit mon palais?

Et Gazileh, redevenue calme, répondit d'une voix qui ne tremblait pas :

— Que suis-je, seigneur, pour occuper, même une minute, l'esprit qui commande au monde et à qui Dieu révèle les mystères du ciel?

— Ah! Gazileh! s'écria Raschid avec passion,

quelquefois la créature reflète si merveilleusement le Créateur, qu'il est oublié pour elle.

— Mais, par une déception cruelle, Dieu punit
le sacrilège, ô prophète! Ainsi le soleil, disparu,
vous laisse entre les doigts un vil caillou qui, en
le reflétant, éblouissait.

— Comment! toi que les houris ne peuvent
surpasser, tu n'es donc pas, ainsi que les autres
femmes, orgueilleuse de cette beauté qui fait ta
gloire?

Avec un vague sourire, Gazileh secouait la tête.

— Certes, dit-elle, je suis reconnaissante à
Dieu de n'avoir pas donné pour enveloppe à mon
âme un corps difforme. Mais pourquoi être vaine
d'un charme fragile, qui passe sans laisser de
traces?... Qu'est devenue, hélas! la beauté de nos
aïeux, dont est faite, peut-être, la poussière du
chemin?

— Est-ce bien possible? dit Raschid, en faisant
asseoir la jeune fille auprès de lui sur le divan,
toi, femme, tu estimes vraiment l'esprit plus que
le corps?

— Aussi faible que soit la lumière, que vaut le
flambeau sans elle, fût-il fait d'or et de diamants?...

15

— Mais comment la vie frivole et paresseuse du harem a-t-elle pu laisser éclore en toi de telles pensées? dit le prince, de plus en plus surpris et charmé, et, ces pensées écloses, comment cette existence ne t'a-t-elle pas tuée d'ennui?

— Ah! seigneur, dit Gazileh, j'avais auprès de moi d'immortels amis qui ne me quittaient jamais. Ils peuplaient ma solitude en me laissant solitaire; sans rompre le silence ils avaient une éloquence divine; ils m'emportaient à travers l'espace sans que j'aie quitté ma place.

— Quels sont ces amis?

— Les livres! Ah! mieux que les rois, qui n'ont que le présent, qui les possède possède le monde. Le Qorân ne nous révèle-t-il pas que l'étude éclaire le chemin du paradis, qu'elle vaut mieux que le jeûne, plus que la prière, qu'elle sauve du péché, qu'elle libère les esclaves, qu'elle est notre bouclier, notre parure?... Aussi, quand je la quittais et que mon miroir me montrait mes yeux rayonnant de la joie qu'elle m'avait donnée, alors, oh! oui, alors je me trouvais belle!

— Tu m'enchantes! Gazileh! s'écria Raschid ed-Din. Tout ce que le rêve a pu concevoir, tu le

surpasses, car ton âme est digne de l'écrin merveilleux où Dieu l'a enfermée.

Il se tut, la contemplant, profondément songeur, tandis que, prise d'une sorte d'angoisse,
elle regrettait de s'être ainsi montrée tout entière.
Il murmura :

— Peut-être es-tu ma récompense terrestre.

Puis, après un nouveau silence :

— Écoute, Gazileh, à toi seule je veux le dire.
Une âpre solitude oppresse mon cœur sur le
sommet où Dieu m'a placé, trop loin du ciel, trop
près de la terre encore. Bien souvent, j'ai crié
vers l'Être Unique, le suppliant de m'appeler
dans les régions suprêmes, si le vide affreux que
me laissent ma gloire et ma puissance ne peut être
comblé ici-bas. Le ciel m'exauce-t-il en t'envoyant
vers moi, toi dont la beauté n'est pas décevante,
puisque l'âme qu'elle voile est divine?

Gazileh, presque défaillante, balbutia :

— C'est par dérision, seigneur!

— Tu trembles! tu t'éloignes! Mais ne vois-tu
pas que c'est moi plutôt qui devrais craindre, car
ton cœur m'est encore fermé, et je t'ai livré le
secret du mien. O Gazileh! le prophète, qui commande à tous, est un suppliant devant toi.

— Cet honneur est trop grand : il m'épouvante !...

Mais Raschid, d'un geste, arrêta ses paroles.

— Non! non! ne dis rien... Plus tard, plus
tard. Puisque tes regards ne cherchent pas les
miens, puisque mon aveu ne t'a pas fait, d'un
élan irrésistible, te jeter sur mon cœur. J'en sais
assez, va! Laisse le temps faire son œuvre.
J'attendrai que ton amour fleurisse, car c'est ton
âme qu'il me faut. Sans elle, je dédaigne cette
beauté merveilleuse, qui est à moi, si je la
veux.

— Hélas! pensa Gazileh, je suis perdue!...

La grave et noire figure du chambellan Dabboûs apparut à l'entrée du kiosque.

— Ah! dit Raschid, comme, en sa présence,
l'heure s'envole légère et délicieuse! Dabboûs doit
me rappeler mes devoirs. Ma volonté m'échappe;
je ne suis plus mon seul maître.

Gazileh s'était levée.

— Permets, seigneur, que je me retire.

— Va, puisque ton désir est de t'éloigner. Que
le bonheur soit ton ombre!... Je te rends grâce
d'exister!

— Je te révère, ô prophète!

— C'est trop peu : c'est tout ton amour qu'il me faut.

Et, quand il l'eut vue disparaître, emportée par les esclaves, il appuya ses deux mains sur les épaules de Dabboûs et lui dit avec un sourire :

— Cette fois, ta sagesse est folie. Aucun rêve n'égale cette Gazileh... à l'écouter, j'étais à tel point charmé que j'oubliais presque qu'elle est si belle.

— Tu la vois avec les yeux éblouis de l'amant, dit Dabboûs. Plus l'illusion est ardente, plus vite elle se consumera.

— Non, non, n'aie pas cette illusion.

— Si c'était vraiment aussi grave, pour être digne de toi-même, il faudrait arracher violemment de ton cœur un sentiment qui peut le faire déchoir.

— Je ne le pourrrais plus, dit Raschid.

— Est-ce toi qui as parlé? s'écria Dabboûs avec une surprise douloureuse. C'est la première fois qu'une telle phrase passe entre tes lèvres! Veux-tu me railler? Toi l'esclave d'une femme! Cela n'est pas vraisemblable. Non, non, romps vite ces honteuses chaînes. Déjà l'humiliation de les porter courbe ton front et assombrit tes regards.

15.

— Ce n'est pas cela, dit le prince : j'ai peur qu'elle ne veuille pas m'aimer.

— Ne pas t'aimer! L'orgueil seul de t'avoir conquis va l'enivrer jusqu'à la folie... Mais ne suis-je plus qu'un confident d'amour? L'heure passe. Plusieurs des Frères de la Pureté viennent te rendre compte des missions accomplies; ils sont là, ils attendent.

— Ah!... est-ce donc l'instant des audiences? demanda le prince avec ennui.

— Raschid ed-Din! s'écria Dabboûs d'un ton sévère, cette femme est-elle donc suscitée par le démon, pour te faire tomber des hauteurs où Dieu t'a permis d'atteindre?...

— Ne gronde pas, Dabboûs, dit Raschid avec douceur; songe que je suis encore tout embaumé de sa présence. Une délicieuse lassitude m'accable et je voudrais savourer cette ivresse, si nouvelle dans ma vie... Mais je t'obéis; je me soumets. Fais introduire un des frères : je suis prêt à l'entendre.

X

L'ost des Francs s'étendait à l'aise sur le velours fleuri de ces hauts vallons, entre ces
étranges montagnes dont chaque heure variait
les nuances. Et, de jour en jour, la multitude
augmentait. Des marchands, génois ou vénitiens,
se joignaient au campement, s'établissàient là et
faisaient leur commerce. De tous les châteaux
des principautés voisines, les seigneurs venaient
rendre hommage à leur souverain, ne s'en
allaient plus. Ils arrivaient des frontières de Tripoli, du Krak des chevaliers, la merveilleuse forteresse que les Arabes nomment le château des
Kurdes et que Raymond III avait récemment cédé
aux Hospitaliers; de Markab le Lieu du Guet,

place forte tenue en fief par la noble famille de Mansoer, de Tortose, du château de la Veille, du mont Pèlerin, du Chastel-Blanc de Safita, d'Emèse, de Laodicée.

Les châtelains, qui gouvernaient en l'absence des seigneurs attachés à la cour du roi, beaucoup de nobles vassaux, les vicomtes des casaux situés sur les territoires voisins, profitaient de la trêve et de la présence de leurs suzerains dans l'ost royal, pour venir leur faire des rapports, leur donner des nouvelles, soumettre à leur jugement des causes difficiles. Le comte de Tripoli tenait une cour de justice à l'ombre des figuiers.

Des envoyés, ayant pour chef le sénéchal Milon de Plancy, étaient partis, afin de porter à la commanderie du Temple les reproches et les ordres du roi. Raschid ed-Din se contentait momentanément de cette satisfaction, et il avait fait remettre son annel d'or à Amaury, comme gage de paix et de sauvegarde.

Avec la soif du plaisir, naturelle aux hommes dont la vie est sans cesse menacée, les Francs se réjouissaient, sans répit et sans mesure. Danses, festins, orgies se succédaient au son des musiques, retentissant nuit et jour, si sauvages et si formidables parfois que les oiseaux, volant au-dessus de ces orages d'harmonie, tombaient comme foudroyés.

Les croisés fraternisaient avec les Arabes; ils organisaient ensemble, selon leurs différents modes, des joutes et des tournois.

Tout le long de la journée, la jolie ville de Maçiâf, couchée entre le pic géant et la formidable forteresse, était envahie par les soldats du Christ, qui aimaient, par-dessus tout, la gaieté de ses bazars et l'animation de ses rues étroites et fraîches; mais, le soir on fermait les portes et on relevait les ponts, après avoir laissé sortir les chrétiens.

Urbain, l'écuyer d'Hugues de Césarée, avait choisi, pour battre sa coulpe et subir la pénitence qu'on lui avait imposée en expiation de ses péchés, une délicieuse place située au cœur de cette cité. Là, sous la transparence verte de larges platanes, une fontaine carrée, en albâtre, ornée d'arabesques et d'inscriptions d'or, protégée par une élégante toiture, laissait couler dans ses quatre vasques un filet d'eau claire et froide.

Le pécheur était condamné à s'appliquer cinquante coups de lanière sur la peau nue, et, ce jour-là s'y résignant enfin, mollement, en poussant des clameurs, il se cinglait les reins et le dos.

Debout ou à demi couchés, des écuyers et des sergents faisaient cercle autour de lui.

— Aïe! aïe! criait-il. Ah! mes reins! ah! malheureuse chair! Grâce, bourreau! je ne suis qu'une plaie.

Les écuyers comptaient les coups et riaient.

— Dix-neuf, vingt... Plus fort donc, poltron!

— Il y touche à peine.

— On dirait qu'il chasse les mouches.

— Va, va, chasse tes péchés! frappe ferme!

— Encore trente coups seulement.

Mais Urbain, avec impatience, jeta la discipline loin de lui.

— Eh! au diable! J'en ai assez comme cela. Un cilice sur ma peau, du pain sec pour régal et des cinglons pour me récréer! Je sais ce que je sais... Foin du paradis que l'on gagne par l'enfer en ce monde!

Un des écuyers leva le nez vers le château.

— Celui de là-haut te plaisait mieux? dit-il.

— Ah! si j'en retrouvais la route! murmura Urbain en poussant un profond soupir, je serais plus content que si je tenais Dieu par les pieds!

Et il demanda du vin à un de ses camarades.

— Tu romps le jeûne? dit celui-ci en lui tendant sa gourde.

Mais Urbain la repoussa après la première gorgée.

— Pouah! dit-il, comme il est aigre!

— Du vin de Galilée! Tu es difficile.

— Ah! dit un sergent, depuis son aventure magique, il trouve tout indigne de lui.

— Quand on a goûté aux joies du paradis, la vie commune doit vous sembler, en effet, bien amère.

— Il est heureux, ma foi, d'avoir goûté à ces joies-là, reprit le sergent. J'aurais voulu être à sa place.

Un jeune écuyer se rapprocha et, baissant la voix :

— Dis-nous, l'as-tu vu, le Vieux? Est-il bien laid? A-t-il des dents de sanglier et de grandes cornes?

— Ne parle pas ainsi du Prophète! s'écria Urbain avec colère. D'abord, il n'est pas vieux. C'est un jeune homme, plus beau qu'aucun de nos chevaliers et plus imposant que le roi.

— Le diable prend la forme qu'il veut.

— Si c'est là le diable, je demande à être damné.

— Urbain! Urbain! tu sens le roussi et tu serais, bien sûr, excommunié si le saint évêque t'entendait.

— Eh bien, je pense comme lui, dit un des écuyers, et je me confierai bien à ce diable-là s'il veut de moi. En somme, il n'y a que peines et tourments en ce monde, et on nous promet encore, dans l'autre, grandes brûleries et tortures, si seulement nous mourons sans avoir eu le temps de nous laver de nos péchés. Qui trouve son paradis sur la terre a toujours attrapé cela.

— C'est bien vrai : misère ici, misère là-bas. Autant se donner du bon temps, si on le peut.

— Du bon temps! Nous n'en avons guère en terre sainte! s'écria le sergent. Avons-nous assez pâti de soif, de faim, de fatigues! Avons-nous assez arrosé les chemins de nos sueurs et de notre sang! Ah! Notre Seigneur Jésus nous devra bien le paradis.

Un Arabe qui les écoutait, adossé à la fontaine, dit d'une voix grave :

— Le Prophète de là-haut ne le vend pas aussi

cher que votre dieu né d'une vierge, et il a le pouvoir de vous y faire goûter en ce monde.

Il y eut un moment de silence pendant lequel on regarda l'inconnu en dessous. Mais le sergent se rapprocha de son camarade, le poussant du coude.

— Dis donc, Urbain, c'était fameux, hein?...

— Ah! j'y songe le jour, j'en rêve la nuit et je maigris, je dépéris de regret.

— Il y avait donc de bien belles femmes?

Urbain ne répondit que par un soupir long et profond.

— Ah! tant pis! j'en suis! s'écria le sergent. Que faut-il faire?... Signer un pacte? vendre son âme?

— Nullement, dit l'Arabe qui avait déjà parlé, il suffit de jurer au Prophète dévouement et obéissance.

— Le difficile est d'arriver jusqu'à lui.

— Puisqu'il sait tout, il saura votre désir.

— S'il vient, faites-moi signe, dit un écuyer.

Tous se rapprochèrent.

— Et à moi..., à moi aussi.

L'Arabe les enveloppa d'un rapide regard.

— Écoutez, dit-il en baissant la voix, que tous

ceux qui sont décidés à jurer fidélité à Raschid ed-
Din ne quittent pas la ville et reviennent ici, cette
nuit même : je me charge de leur gagner le
paradis.

Et, sans attendre de réponse, il s'éloigna.

Écuyers et sergents se dispersèrent, la tête
basse, sans oser s'entre-regarder.

Dès l'aube, un matin, des hérauts vinrent
annoncer au roi Amaury que le prince des Montagnes, redoutant pour son hôte l'ennui de l'inaction, avait donné l'ordre d'organiser une chasse,
dans les forêts voisines, et qu'elle serait dirigée
par le très illustre émir de Schaïzar, Ousama, fils
de Mourschid, un puissant seigneur des environs,
pour le moment en paix avec Raschid ed-Din et
qui était venu lui rendre visite.

Cette nouvelle fut accueillie par des acclamations joyeuses. Le roi fit répondre qu'il remerciait
le prince des Montagnes et acceptait avec plaisir.

Presque aussitôt le pont-levis s'abaissa, la porte
du château s'ouvrit toute grande, et, sur le noir
profond de la voûte, apparut toute une foule de
jeunes piqueurs, dont les costumes aux vives
nuances châtoyèrent comme les fleurs d'un bou-

quet. Ils s'élancèrent sur le pont, avec impétuo-
sité, entraînés par les bonds de superbes lévriers
blancs, aux colliers brodés de pierreries, qu'ils
retenaient par des chaînes d'or. Une compagnie
de fauconniers, vêtus à la persane, sortit ensuite,
tenant sur le poing les gerfauts, les faucons, et
les sacrés qui s'attaquent aux lièvres et aux
outardes. Ils furent suivis par quarante cavaliers
munis d'épieux, de haches, d'arcs et de filets et
par de nombreux esclaves nègres, en tuniques
rouges, qui tenaient par couples des chiens turco-
mans, à la peau bleue, grands comme des tigres,
et aussi des guépards dressés à la chasse.

Dès qu'ils eurent franchis le pont, les cavaliers
poussèrent, d'une seule voix, un cri aigu, stri
dent, vibrant et se lancèrent sur la pente verte
de la colline dans une course folle; tournoyant,
voltant, galopant, avec une légèreté et une pres-
tesse qui émerveillèrent les Francs, dont les
grands et vigoureux chevaux n'avaient pas cette
agilité; puis, tous ensemble, brusquement, les
Arabes s'arrêtèrent, se turent et présentèrent une
seule rangée parfaite de cavaliers immobiles.
Une longue acclamation accueillit cette prouesse.

Amaury lança son cheval et s'avança jusqu'à

l'extrémité du pont pour saluer l'émir Ousama qui sortait du château.

Ce prince syrien, vieillard ayant alors plus de soixante-quinze ans, mais d'une verdeur et d'une force extraordinaires, était célèbre parmi les Francs, car il avait eu des relations avec plusieurs rois chrétiens. S'il était un adversaire redoutable à la guerre, on le savait, en temps de paix, parfait chevalier, seigneur courtois et généreux. C'était aussi un grand chasseur de lions : il en avait tué un nombre incroyable, et l'on racontait que, dans son palais, une salle était ornée, de façon très farouche, par des arceaux et des rosaces faits de têtes de lions et de têtes d'hommes.

Ousama était grand, maigre et d'un aimable visage, où l'on voyait encore les traces d'une beauté fameuse, chantée jadis par les poètes. Il se plaisait à présent à redire lui-même les vers à sa louange, en souriant, et en soupirant de regret; ceux surtout qui célébraient ses yeux, qu'il avait eu magnifiques et dont l'éclat n'était pas éteint tout à fait :

« Le coup de l'épée acérée, qu'est-ce donc auprès de ce coup d'œil, d'une langueur si séduisante?

« Qu'est la magie babylonienne comparée aux enchantements des yeux d'Ousama?... »

Toutes les châtelaines venues du voisinage s'étaient jointes aux trois dames qui, seules, avaient accompagné le roi dans son voyage, et, bien campées à cheval, le faucon sur le poing, elles formaient un charmant groupe avec leurs voiles de toutes les couleurs, disposés, sous de légères couronnes, de façon à garantir du soleil les frais et jolis visages.

On laissa les piqueurs et les pages prendre de l'avance et on se mit en marche, dans un joyeux désordre, au son des trompettes d'ivoire.

Tout de suite, pour des oiseaux sans importance, on décapuchonna des faucons, et, un lièvre ayant dévalé, plusieurs chevaliers, éperonnant leurs chevaux, se jetèrent, comme des fous, à sa poursuite.

— Laissez! laissez! cela n'est rien, criait le vieil émir, qui aimait ordonner une chasse avec autant de soin qu'une bataille.

Mais il haussa les épaules d'un air résigné, comprenant qu'il ne fallait pas chercher à discipliner les Francs, qu'à la chasse, aussi bien qu'à la guerre, ils allaient toujours chacun selon sa

16.

fantaisie. Et il suivit d'un œil curieux ces jeunes hommes, nés pour le combat, violents, emportés, dont les fiers visages étaient pour la plupart balafrés de cicatrices, et qui avaient une joie exubérante, à la fois enfantine et formidable, tellement que leurs cris et leurs éclats de rire semblaient terribles comme des rugissements de bêtes fauves.

Le roi racontait à Ousama combien la vue d'un lièvre lui serrait le cœur, son oncle, le roi Baudouin, s'étant tué, dans les environs d'Acre, à la poursuite d'un lièvre, levé, par hasard, devant sa promenade. Il avait lancé son cheval dans un chemin impraticable, et la bête l'avait jeté bas, contre un rocher, où il s'était rompu le crâne.

— La cervelle lui sortait par le nez et par les oreilles, disait Amaury. Je n'avais alors que sept ans, mais je n'ai jamais oublié ce malheur. Être venu d'outre-mer pour défendre son Dieu et mourir pour un lièvre!

L'émir admirait cette témérité des chevaliers francs, qui allait parfois jusqu'à la démence et leur devenait fatale, mais, souvent aussi, tournait à leur gloire.

— J'ai connu un des vôtres, disait-il, qui, à lui seul, est venu à bout de plusieurs centaines

d'adversaires, lesquels s'étaient réfugiés dans des
cavernes inaccessibles. On n'y pouvait accéder
qu'à l'aide de cordes suspendues aux cimes. Ce
satan parmi vos cavaliers se fit construire une
caisse de bois qu'on attacha par des chaînes de
fer. Il s'y installa, avec son arc et ses flèches, et
se fit descendre au niveau des cavernes. Et là,
tout à son aise, il massacrait si bien les malheureux, entassés dans ces grottes, qu'ils se rendirent à merci. Il y a bien longtemps de cela : c'était
au temps où le prince d'Antioche, Tancrède, nous
faisait la guerre.

— Vous avez connu Tancrède? s'écrièrent les
dames, en se rapprochant, curieuses.

Se pressant autour de lui, elles écoutaient les
anecdotes, que le noble vieillard, si riche en souvenirs, contait volontiers, et par courtoisie, elles
se retenaient de rire à la façon dont il parlait la
langue franque, requérant à chaque moment l'aide
de l'interprète, impassible, qui le suivait. Puis
elles l'interrogèrent sur le Vieux de la Montagne,
sur les splendeurs de son château et les mystères
de sa puissance.

— C'est un prince tout à fait au-dessus des
hommes, disait Ousama. Par la supériorité de

son savoir, il a confondu tous les savants de
l'Orient, venus pour lutter avec lui. Il est juste et
généreux, terrible seulement à ses ennemis, inaccessible aux passions, on assure que l'eau ne peut
refléter son image, et, vraiment, la force de sa
volonté est telle qu'elle fait des miracles.

— Des miracles ! Lui en avez-vous vu faire?

— J'ai vu des choses singulières, dit l'émir.
Une fois ceci : Auprès du trône de Raschid, sur
un plat d'or, une tête baignait dans son sang. Le
Grand Maître, devant les frères, stupéfaits, lui
parlait : « Veux-tu revenir sur la terre ou préfères-
tu rester au paradis ? » Et la tête, ouvrant des yeux
très brillants, répondit : « Qu'ai-je besoin de
revenir au monde après avoir vu mes pavillons au
paradis, et les houris, et tout ce que Dieu m'a
préparé? Saluez ma famille, camarades, et gar-
dez-vous de désobéir à ce prophète... »

Un autre jour, je chevauchais avec le seigneur
des Montagnes dans les environs de Kahf. Un
vagabond s'approcha qui faisait danser un singe.
Raschid dit à quelqu'un de son entourage :
« Prends ce dinar et donne-le à ce singe. » Le singe
retourna en tous sens la pièce d'or, la regarda
avec une attention extraordinaire et, soudain,

expira. Le seigneur fit compter une somme au
vagabond, qui se lamentait, et comme la cause de
cette mort brusque nous échappait, il nous dit :
« Ce singe fut jadis un roi puissant, et le dinar
que je lui ai donné était frappé à son nom ; en le
voyant, le souvenir de sa grandeur passée lui est
revenu, avec le sentiment de sa dégradation pré-
sente. La violence du chagrin l'a tué. »

— Je ne sais comment le magicien a su que je
désirais avoir de lui mon horoscope, dit la princesse Sybille, qui, sombre et préoccupée depuis le
départ, semblait méditer quelque projet. Un page
me l'a remis ce matin, enfermé dans un étui d'or
orné de pierreries magnifiques.

— L'horoscope est plein de belles promesses,
je pense? dit le roi.

— Il est tel que pouvait l'attendre une fille d'un
esprit turbulent et félon comme je le suis.

Et, rageusement, Sybille piqua son cheval,
bondit en avant du groupe, dans le vallon tout en
fleur.

Les châtelaines se récriaient d'être forcées
d'écraser, sous les sabots de leurs montures, les
ahémones, si belles, de si riches couleurs, qui
formaient, à perte de vue, des tapis, comme n'en

auraient pas pu tisser les plus habiles artistes de Bagdad ou de Pers᷍, qui prenaient cependant pour modèle ces merveilleuses prairies.

On atteignit la forêt; on entra sous le couvert des arbres. Là, des cris retentissaient de toutes parts, de longs aboiements, des appels de trompes. Le gibier, débusqué, fuyait, suivi de près par les grands lévriers couleur de lait, aux beaux colliers de pierreries.

Alors le vieil émir donna le signal et mit son cheval au galop.

La journée fut rude et brillante, le carnage immense, de victimes de toutes les espèces. Pendant les haltes, on fit rôtir des chevreuils entiers, des paons et des outardes; abondamment le vin coula des outres, pour les chevaliers, et l'on servit aux dames des fruits délicieux : pastèques, figues, grenades, oranges, et aussi des sorbets et de l'eau de neige.

Vers le soir, la princesse Sybille, qui n'avait pas cessé de chercher Hugues de Césarée dans l'éparpillement de cette foule, sans être parvenue à le joindre, l'aperçut enfin, arrêté près d'un ruisseau. Le chevalier rendait les rênes à son cheval, qui baissait le cou pour boire.

Impétueusement, elle courut au jeune homme et, en évitant de le regarder, lui dit d'une voix impérieuse :

— Cette nuit, sous votre tente, veillez en m'attendant.

Puis, enlevant sa monture, elle franchit le ruisseau et s'éloigna rapidement, sans se retourner.

Quel moyen d'échapper à cet ordre sans réplique? Hugues, aussi surpris qu'inquiet, demeura longtemps à la même place, l'esprit remué par toutes sortes de pensées. Il était, malgré lui, flatté d'être recherché, avec tant de persistance, par une princesse royale, belle et orgueilleuse. Mais son cœur, si profondément épris, rapportait toutes choses à la bien-aimée, qui restait pour lui bien au-dessus des mortelles et toujours inaccessible. Si un peu de vanité le faisait sourire, c'était à l'idée que, peut-être, il pourrait ne pas paraître trop indigne aux yeux de Gazileh, puisque d'autres yeux ne voulaient voir que lui seul.

Cependant, à l'attente de cette entrevue, l'angoisse lui serrait la gorge. Jeunes femmes et jeunes filles, pour la plupart, intrépides et effrontées, n'avaient aucune honte à déclarer leurs sentiments aux chevaliers de leur goût; elles les requéraient en mariage, ou même pour de passagères amours.

Combien discourtois et digne de moquerie le jeune homme qui se dérobait à de si douces réquisitions!... Et lui surtout, qui vivait chaste comme un prêtre depuis qu'une passion impossible l'absorbait tout entier, saurait-il résister à de trop charmantes séductions?

Un instant, il eut l'idée de déserter sa tente, de se réfugier auprès de son frère d'armes. Cependant il n'en fit rien, et même fut rentré un des premiers au campement.

Quand ses valets vinrent pour le dévêtir et le mettre au lit, il leur ordonna de disposer de nombreuses chandelles de cire, dans les grands chandeliers de vermeil, et de les allumer : beaucoup de lumière lui semblait une sauvegarde.

Il changea de vêtements et, après avoir congédié tous les pages, il fit sa prière, plus longue et plus fervente que de coutume.

Il se relevait en terminant le signe de croix lorsque Sybille entra, voilée à la façon des Turques. Un moment éblouie par tant de clarté, elle se remit vite et le remercia d'avoir illuminé sa tente, comme une chapelle, pour la recevoir.

— Vous êtes, pour moi, aussi respectable et
sacrée que Madame la Vierge, dit-il.

Elle secoua la tête d'un air mutin et un peu
moqueur et, se dévoilant, lui laissa le loisir
d'admirer les grâces de sa personne et de sa
parure, que faisait valoir l'éclat de tant de cierges.
Mais elle était blonde, blanche et rose, avec des
yeux couleur de ciel : le contraire de ce qu'il
adorait. Entre elle et lui, il évoqua le pâle visage
au front pensif, les cheveux de cuivre sombre, le
beau regard, frère de nuits étoilées, et il eut un
sourire extasié, auquel Sybille se méprit.

— Hugues, dit-elle, en se rapprochant, je ne
me serais jamais pardonné d'avoir manqué ma
vie et mon bonheur, faute de m'être franchement
expliquée avec vous. Je suis d'assez noble sang
pour ne rien craindre de mes actes ; ma démarche,
d'ailleurs, n'a rien que de loyal et de juste. Depuis
assez longtemps je songe à vous pour être certaine
qu'il ne s'agit pas, dans mon cœur, d'une fantaisie vite oubliée. Je vous avais choisi pour être
mon chevalier, je vous désirais pour mari ; mais
quelqu'un, toujours, de façon indiscrète et tyran-
nique, s'est jeté entre nous, et peut-être n'avez-
vous rien vu de ce que mes yeux pensaient vous

17

dire, peut-être ne savez-vous pas que je vous aime.

— Madame, dit Hugues, qui, soudain, se sentit parfaitement calme et maître de lui, ce quelqu'un dont vous parlez sera toujours comme un bouclier entre vous et moi : nous avons bu le sang l'un de l'autre et nous avons échangé le serment de fidélité constante. Au prix de ma vie j'aurais renoncé à un bonheur et à un honneur digne d'un roi, j'aurais arraché l'amour de mon cœur, puisque mon frère d'armes vous aimait.

— Ah! c'est démence de parler ainsi, s'écria Sybille avec passion. Est-ce que l'on arrache l'amour? Il s'enracine d'autant plus qu'on cherche à le tirer du cœur. Quant à celui que vous dites, sachez que je le hais et que votre sacrifice, jamais, en aucun cas, ne sera à son profit. N'ayez donc pas scrupule à m'aimer, messire de Césarée, et acceptez ma royale alliance.

Hugues, devant son élan, s'était imperceptiblement reculé. Ce fut assez pour que, prise de colère, elle lui dit d'un ton méprisant :

— Ne fuyez pas, chevalier; c'est inutile : je n'ai nulle envie de vous faire jouer le rôle de Joseph avec son Égyptienne.

Mais sa colère tomba. Elle s'assit loin de lui,

faible, et vaincue par la ténacité de son désir, ne voulant pas y renoncer encore. Les sourcils contractés, elle regardait le jeune homme, avec l'amer dépit de ne pouvoir se défendre du plaisir, toujours aussi vif, que lui causait sa vue. L'élégance et la force de ses membres souples, la taille menue, les puissantes épaules, l'éclat fugitif des dents, sous l'or fluide de la barbe, entre les lèvres fraîches, et surtout, sous la pénombre des grands sourcils veloutés, les yeux changeants, si rêveurs, si doux et si mystérieusement tristes! Il lui semblait qu'elle les aurait contemplés des jours entiers, sans assouvir son envie de les voir.

Impatiente contre elle-même, elle frappa du pied, tandis que, muet, un peu gauche, il se tenait devant elle.

— Écoutez-moi, dit-elle enfin. Aujourd'hui, j'ai lu des prédictions. On m'annonce que je serai reine. Reine, je ferai roi mon époux. Peut-être une couronne vous tentera-t-elle, puisque je n'ai pas, sans elle, le don de vous plaire.

— Homphroy est plus digne que moi de la couronne et de la reine, dit-il. Aimez-le, princesse, je vous en conjure : nul plus que lui ne mérite l'amour.

Elle se leva, pâle de rage, l'œil brillant d'une larme, que son orgueil brûla sous sa paupière.

— C'est bien! dit-elle. Tout ce que j'avais de bon en moi, je le brise, ici, à vos pieds. On me prédit aussi que mon ambition ne reculera devant rien, pas même devant le crime. J'accepte! Les révoltes de mon âme violente se seraient fondues en amour sur votre cœur; je vous rends responsable de tout le mal que je ferai. Vous n'avez pas voulu de ma tendresse : redoutez mon ressentiment, et, si je suis jamais reine, hâtez-vous de quitter le royaume.

Elle écarta si violemment le rideau de la tente, qu'elle l'arracha à moitié et elle s'enfuit dans l'ombre du camp endormi.

Aussitôt, les tapis et les coussins, qui formaient le lit s'agitèrent, et Homphroy, tout rouge de honte et de douleur, en sortit et se jeta aux pieds de son ami.

— Je suis un traître et un félon, cria-t-il. Je l'ai vue entrer sous ta tente, j'ai douté de toi, j'ai voulu entendre. Pardonne-moi, et réjouis-toi aussi, car mon fol amour est mort, et mon cœur n'est plus qu'à toi seul.

XI

C'était l'heure des audiences du prophète. Le chambellan Dabboûs venait d'introduire un frère de la Pureté, que Raschid, rêveur, oubliait à ses pieds.

— C'est l'homme qui avait mission de suivre l'envoyé des Francs, dit Dabboûs en haussant la voix.

— Eh bien, qu'il parle.

— Ta bénédiction soit sur moi! ô saint prophète! dit le frère. Selon ton ordre, en même temps que l'envoyé du roi franc, je suis arrivé chez les Templiers, déguisé en moine quêteur. Milon de Plancy s'est acquitté de sa mission, mais le Grand Maître du Temple n'a pas consenti

17.

à livrer le meurtrier de ton ambassadeur. Il affirme qu'il l'a envoyé à Rome, afin que le pape le relève de son crime.

— Raschid, dit le chambellan, ta pensée est ailleurs : tu n'écoutes pas.

— Si!... si!... Il l'a envoyé à Rome. Ensuite.

— Je me suis assuré, continua le frère, que personne n'est parti pour Rome, aucun navire n'a quitté les ports. Le Grand Maître du Temple a menti.

— L'envoyé franc est-il retourné vers le roi?

— Nul ne peut nous devancer, seigneur, tu le sais. Mais Milon de Plancy ne songeait pas encore au retour : il fait, là-bas, bonne chère et s'enivre jusqu'à perdre le sens. Je le crois, d'ailleurs, traître à son roi et occupé à ourdir quelque complot, en compagnie d'un Templier qui ne le quitte guère.

— Le nom de ce Templier?

— Gauthier du Mesnil, un homme fort laid et borgne. Deux de nos frères surveillent leurs actes pour t'en rendre compte. J'ai tout dit, maître.

— C'est bien. Retire-toi!

Et, quand il fut sorti, le prince dit à Dabboûs :

— Il faut faire savoir à l'instant au roi Amaury,

ce que son ambassadeur ne lui redira que dans quelques jours, et lui dévoiler aussi la félonie et le mensonge du Grand Maître; mais qu'il ne soit pas parlé de la trahison possible que le seigneur Milon complote avec le Templier : nous savons encore trop peu de chose sur ce sujet.

— J'entends, dit le chambellan, en introduisant un autre frère. Celui-ci, ajouta-t-il, dit avoir des révélations importantes à te faire. Il ne vient pas de loin : blessé à la dernière bataille contre les Francs, il a été soigné et guéri par eux.

Et Dabboûs s'éloigna pour faire exécuter l'ordre du maître.

L'homme était prosterné et baisait les pieds de Raschid.

— Je t'écoute, dit celui-ci.

— O prophète de Dieu! dit l'Arabe, combattant pour ton service, l'heure de la récompense semblait sonner pour moi, car, criblé de blessures, étouffé sous un tas de morts, je croyais que j'allais retrouver enfin les joies du paradis, que tu as entr'ouvert pour moi. Mais, par la volonté de Dieu, malgré mon agonie, je dus voir et entendre encore, être témoin d'une scène qui intéressait son prophète.

— Qu'as-tu donc vu? dit Raschid, subitement attentif.

— Un chevalier franc, blessé, criant à l'aide, une femme, une houri céleste, accourant, qui le ranima, le pansa et, après divers échanges d'affectueuses paroles, lui révéla qu'à sa grande terreur on la conduisait, comme otage, dans le château de Raschid ed-Din.

— Cette femme, elle s'est laissée voir à lui, sans voile? s'écria Raschid sans dissimuler son émotion.

— Oui, maître : croyant que l'homme allait mourir, elle s'est dévoilée.

— Poursuis.

— Le blessé lui offrit de la défendre, d'être son chevalier.

— Qu'a-t-elle répondu?

— Elle a accepté et doit l'avertir par un signal, si un danger la menace.

— Un signal?

— Son voile blanc, flottant à l'un des créneaux.

— Est-ce tout?

— Elle lui a dit son nom.

— Ce chevalier, qui est-ce?

— Le comte Hugues de Césarée..

— Va, va, laisse-moi, dit Raschid. Tu as bien agi, et, puisque tu es impatient de la mort, je te promets d'obtenir de Dieu qu'il abrège ta vie de dix années.

Dabboûs revenait. Le prophète lui fit signe de mettre fin aux audiences.

— Non! non! plus personne, dit-il.

Le chambellan, effrayé, s'élança vers son maître :

— Quelle nouvelle funeste vient-on de t'apprendre qui te bouleverse ainsi?

— Ah! toujours cette folie, qui déjà me couvre d'humiliation! s'écria Raschid. Peux-tu le croire, Dabboûs? je suis trahi, dédaigné. Cette femme élue par mon cœur, qui pouvait être plus glorieuse qu'aucune reine du monde, au premier venu, à un soldat franc, elle dévoila sa beauté et demande assistance contre moi!

— La femme est toujours la femme, de quelque séduction que le diable l'ait parée.

— Elle s'est laissé voir! Un autre regard que le mien possède son image! Un autre amour se heurte à mon amour! Ah! je le sentais bien, qu'il y avait un obstacle, qu'elle ne m'aimerait pas. C'est ce chevalier qui occupe sa pensée. Elle l'aime peut-être... C'est pour lui un arrêt de mort. Mais, avant de le faire disparaître, je l'aurai, envié, j'aurai subi cette honte d'être jaloux d'un homme!... Non! non! à tout prix, il faut me délivrer de cette obsession.

— Hâte-toi de renvoyer Gazileh à son oncle, dit Dabboûs : l'éloignement amènera l'oubli.

Mais Raschid, abaissant ses paupières sur ses yeux, brûlés de larmes, dit, d'une voix qui tremblait :

— Entre elle et moi il faut l'impossible, l'irrémédiable ou jamais je ne l'oublierai. Hélas!... je dois briser la coupe, répandre l'ambroisie dont je suis avide... pour rendre ma soif vaine à jamais.

— Que veux-tu dire?... s'écria Dabboûs en frissonnant.

— Gazileh doit mourir.

— Prends garde, dit le chambellan après un silence. Certes, au prix de ton repos, la vie d'une femme est peu de chose, et le crime de s'être montrée sans voile à un infidèle justifierait sa condamnation. Mais ce n'est pas au nom seul de la justice que tu la condamnes.

— Elle doit mourir, répéta Raschid.

— Tu n'es plus un juge impartial.

Mais Dabboùs s'interrompit; brusquement il souléva une portière... Il avait cru entendre un cri étouffé, des pas légers...

— Je ne m'étais pas trompé, dit-il : la jeune suivante était là, cachée... elle a entendu ton arrêt et va le rapporter à sa maîtresse.

Et il montra Nahâr, qui s'enfuyait par la galerie montant aux remparts.

— Laisse-moi, dit Raschid, je veux les rejoindre.

Gazileh était sur cette haute terrasse qu'elle affectionnait, les coudes sur la pierre d'un créneau, regardant au loin. La course effarée de Nahâr la fit se retourner, et elle demeura muette devant le visage bouleversé de la jeune fille, qui, elle non plus, ne pouvait pas parler.

— Tu es perdue! dit-elle enfin, en contenant à deux mains les battements de son cœur : il veut te tuer!

— Me tuer?...

— « Gazileh doit mourir », a-t-il dit. J'aurais dû me jeter à ses pieds, lui crier que tu l'aimes, puisque c'est ton amour qu'il veut.

— Tu aurais menti : je ne l'aime pas.

— Tais-toi! tais-toi! Il faut bien feindre de l'aimer pour sauver ta vie.

— Je préfère mourir.

— Mais pourquoi cette folie? s'écria Nahâr, en se tordant les bras; pourquoi repousser l'amour d'un homme qui est plus qu'un roi, qui est jeune, beau, tout-puissant, et que Dieu a marqué de son sceau?...

— Que sais-je? dit Gazileh. Il m'épouvante. Il est trop surhumain, trop terrible; il me paraît marcher le front dans le ciel, les pieds dans le sang.

— Ah! dis-le donc plutôt : tu aimes ce chevalier, que tu as tenu un instant évanoui entre tes bras. Si ton cœur n'était pas à lui déjà, tu te résignerais facilement à un amour aussi glorieux.

— Oui! mon cœur est ainsi fait : j'aime celui qui voudrait mourir pour me sauver, et non pas celui qui veut me tuer parce qu'il m'aime.

— Ah! malheureuse! dit Nahâr en pleurant, le prophète sait tout, et tu rends son arrêt irrévocable... Au moins, appelons-le, ce chevalier : qu'il vienne à ton aide, qu'il te sauve donc. Donnons-lui le signal convenu.

— Quelle dérision! Que veux-tu qu'il fasse? A quoi bon le perdre inutilement?

— De toute façon, il est perdu, car Raschid ed-

Din sait la vérité. Que le chevalier tente au moins quelque chose pour sa dame!

La jeune fille détacha le voile de Gazileh, qui se défendait, et, malgré elle, fixa le léger tissu à une moulure du créneau, puis elle entraîna la princesse loin du rempart.

Par l'étroite meurtrière d'une tourelle d'angle, Raschid avait vu et entendu les jeunes filles. Il s'avança sur le chemin de ronde, lorsqu'elles furent parties, jusqu'au créneau où le voile était attaché.

— C'est bien cela, murmura-t-il : le signal! La gaze s'agitant comme une main blanche qui appelle... Je suis curieux de voir ce que fera l'amoureux.

Mais une bouffée de rage lui fit crisper les poings.

— Est-ce bien possible? cria-t-il. C'est moi qui suis ici, le cœur déchiré de haine et d'amour, guettant furtivement les actions d'une femme!... Ah! la honte m'écrase! Mais je terrasserai cette révolte de mon corps misérable. Je le veux; il le faut!

Au même moment, sous la caresse fugitive du parfum suave qui flottait, il eut une défaillance et, pour échapper au désir d'appuyer sur ses lèvres le voile aérien, tout embaumé, il se recula brusquement, en disant d'une voix brisée :

— Il n'y a pas d'autre issue; c'est irrémissible... Elle doit mourir.

XII

— Hugues, mon frère, vous êtes tout songeur
et triste, dit Homphroy du Toron à son ami,
étendu à quelques pas de lui, sur l'herbe, au
bord de la petite rivière qui fuyait si vite.

— Hélas! je ne sais quelle angoisse me tourmente, répondit Hugues. Il me semble que ce
château, vers lequel tendent toutes mes pensées,
a l'air diabolique plus que de coutume. J'ai peur
à l'idée qu'elle est là, sans défense, si belle, à la
merci d'un homme... Mais, cher Homphroy, vous
vous inquiétez de mes peines, en taisant les
vôtres. Autant que moi vous êtes soucieux.

— Je souffre d'étrange façon, c'est vrai, dit
Homphroy : c'est en moi comme un silence subit,

après un grand tumulte. Ne me jugez pas fou, Hugues, mon ami : il me semble que je souffre de ne plus souffrir... Mon cœur est vide de sang, comme une plante dont la sève est desséchée. Sans doute, c'est une fleur, l'amour. Pour s'épanouir, elle aspire avidement au tiède printemps, et c'est la gelée qui est venue. La voici, à peine ouverte, flétrie et morte, cette fleur qui était le parfum et l'enchantement de ma vie, et je la pleure, en dépit des épines dont elle me déchirait.

— J'ai détourné sur moi, sans le vouloir, la faveur qui vous était due, et cela m'est un constant chagrin...

— Souvent Dieu vous envoie un mal pour votre bien, dit Homphroy avec vivacité. A cause de vous, la fleur s'est dénoncée vénéneuse. Vous m'avez sauvé du poison, et votre amitié, comme un baume, me guérira.

Ils échangèrent un triste et affectueux sourire et, pensifs, ne parlèrent plus, regardant le remous de l'eau, jusqu'à s'étourdir.

Le camp, si animé d'ordinaire, était silencieux, presque désert. Les tentes, claires au soleil, avec le triangle noir de leur entrée ouverte, moutonnaient comme des monticules de sable. Aucune brise n'agitait les étendards, qui retombaient le long des hampes, ainsi que des linges mouillés. Des sergents dormaient par terre, dans les morceaux d'ombre.

Le roi était allé en pèlerinage à Notre-Dame de Tortose, une magnifique cathédrale, la première édifiée en Terre sainte, en l'honneur de la mère du Christ. La montagne des Ansariés n'en était distante que de quelques lieues, et le sanctuaire était particulièrement vénéré, à cause des grands miracles que Madame la Vierge y faisait.

Toute la cour accompagnait le roi, et tous les chevaliers avaient chevauché à sa suite, dans un grand recueillement, car Amaury réclamait les prières de chacun, afin que son pèlerinage fût bien accueilli de la miraculeuse Notre-Dame, qu'elle lui accordât ce qu'avec ferveur il lui demandait.

Excepté l'évêque Guillaume, nul ne savait quelle était cette demande; tous, néanmoins, priaient très dévotement, Hugues et Homphroy avaient voulu rester pour veiller à la garde du camp.

Vers le milieu du jour l'attention d'Homphroy, dont le regard portait loin comme celui de l'aigle, fut attirée par un homme qui déboucha d'une

18.

gorge étroite et dont les allures furtives étaient
inquiétantes. Il se dissimulait derrière les rochers,
regardait tout alentour avant d'avancer, et souvent levait les yeux vers le château de Raschid ed-
Din. Les mouvements du terrain le cachaient par
moments; puis il reparaissait plus proche. Il fut
bientôt évident qu'il se dirigeait vers le camp des
Francs.

Homphroy posa la main sur le bras de son
compagnon :

— Voyez donc, dit-il, ce vieil homme qui vient
ici, tout las et suant, comme s'il avait fait une
longue route.

— C'est un infidèle, dit Hugues après avoir
examiné l'étranger; il porte le costume des derviches. Que peut-il chercher parmi nous?

Les deux chevaliers s'étaient levés; mais le
nouveau venu, comme épuisé, s'affaissa sur un
tertre, au pied d'un arbre.

— Son âge commande le respect, et il a grand
air, malgré son vêtement modeste, dit Homphroy.
Nous devons le saluer et lui offrir nos services,
puisqu'il est dans notre camp.

Ils s'approchèrent.

— Salut! hôte étranger, qui semblez arriver de

loin, dit Hugues. La chaleur est forte; la route poudreuse : nous aurons plaisir à vous réconforter par des boissons fraîches et quelques aliments à votre goût.

— Le salut soit sur vous! jeunes hommes, répondit le vieillard, en posant la main sur son cœur. Si vous voulez m'obliger, conduisez-moi sans retard, vers Amaury, le roi de Jérusalem.

— Le roi notre sire s'est éloigné du camp.

— Il n'est plus ici?... s'écria le vieillard, dont tous les membres furent secoués d'un tremblement.

— Il y reviendra sur l'heure, continua Homphroy, ému de cette angoisse. Déjà je crois entendre le son des orgues portatives et la mélodie des cantiques. La procession n'est pas loin, et le roi sera là, bientôt.

— En attendant, ne refuse pas le réconfort, dit Hugues, en aidant l'inconnu à se lever.

— J'en ai grand besoin, c'est vrai, répondit l'étranger; l'esprit inquiet ne se soucie pas du corps, et, pourtant, le corps épuisé peut vaincre l'esprit.

— Venez! nos tentes sont tout proches, dit le jeune connétable.

Déjà l'on entrevoyait, au loin, les pennons des chevaliers, qui chevauchaient, en une interminable file, par les vallons peu larges. Les chanteurs de psaumes et les ménestrels formant l'avant-garde, marchaient à pied; plusieurs d'entre eux portaient dans leurs bras des orgues, formées d'un registre de pipeaux; d'autres avaient des violes ou des psaltérions. Mais les musiciens avaient épuisé tout leur répertoire pieux, et, pour se délasser, maintenant, ils chantaient un poème tout récent, qui racontait, sans rien omettre, l'aventure d'Hugues de Césarée, armant chevalier le musulman Saladin. Ils avaient déjà égrené beaucoup de couplets, le long de la route, et en étaient au moment où Saladin vient de quitter le bain symbolique :

> Après qu'il l'a du bain ôté,
> En un bel lit il l'a couché.
> — Hugues, dites-moi sans faillance
> De ce lit la signifiance.
> — Sire, fait-il, ce signifie
> Qu'on doit par la chevalerie
> Conquérir lit en paradis
> Que Dieu octroie à ses amis.
>
> Après, deux éperons lui mit
> En ses deux pieds et puis lui dit :
> — Sire, tout aussi bien il faut,
> Comme éperonnez vos chevaux,

Qu'à l'aide de ces éperons,
Qui dorés sont tout environ,
Vous gardiez bien votre courage
De Dieu servir en tout votre âge,
Car tous les chevaliers le font
Qui Dieu aiment de cœur profond.

Puis ils énuméraient les nombreux devoirs du nouvel initié :

Un chevalier, premièrement,
Ne doit être à faux jugement;
Si le mal ne peut détourner,
Il doit sitôt s'en retourner...

Une autre chose aussi est belle :
Dame ne doit ni demoiselle,
En aucun pas mal conseiller,
Mais c'est la loi du chevalier
De les aider de son pouvoir
S'il veut louange et gloire avoir,
Car femmes doit-on honorer
Et pour leurs droits grands faits porter.

A une centaine de pas derrière les chanteurs, venait le roi, ayant auprès de lui le grand-chancelier.

Amaury, admirablement majestueux à cheval, se tenait droit, la tête haute, un poing sur la cuisse. Le soleil mettait un brasillement d'or dans la barbe fauve et sur les longues boucles, qui ruisselaient sous l'étoffe blanche, nouée par une cordelière au front royal; la poitrine vaste et les épaules athlétiques tendaient la soie tout unie de

la tunique, qui laissaient deviner le jeu des muscles et du souffle puissant. Auprès du maître,
Guillaume, coiffé de la mitre, tenait contre son
épaule la crosse d'or, dont l'extrémité inférieure
posait sur l'étrier.

Jugeant le souverain recueilli dans sa dévotion
et peu disposé aux courtois bavardages, les dames
restaient en arrière, s'égayant avec les hauts
barons.

Le roi et l'évêque étaient engagés, en effet, dans
une grave discussion, qui même semblait n'être
nullement du goût de Guillaume, car il mordait
ses lèvres, fronçait les sourcils, ne cachait pas
son embarras et son humeur, tandis qu'un peu de
malice riait dans les yeux d'Amaury.

— Les saints apôtres, les pères et même l'Ancien
Testament nous confirment cette vérité, disait
l'évêque; à quoi bon s'enquérir d'autres raisons?

— Je ne fais pas doute de ces choses, reprenait
le roi; pour moi, je les crois très fermement. Mais,
par exemple, quelle raison pourrai-je donner
comme preuve de la future résurrection et de
l'autre vie après la mort à celui qui voudrait
débattre contre moi cette doctrine en refusant de
la croire?

— Ah! sire, j'ai le cœur navré et je suis profondément ému de voir un prince catholique avoir tant de scrupules et de doutes en sa conscience... Tenir de tels discours au retour d'un saint pèlerinage!... Mais, puisque vous le voulez, débattons. Ne confessez-vous pas que Dieu est juste?

— Certes, je le confesse.

— Il appartient à celui qui est juste de rendre le bien pour le bien et le mal pour le mal.

— C'est vrai.

— Or cela ne se fait pas toujours en cette vie, car il y a, au siècle présent, plusieurs gens de bien qui n'endurent que malheur et adversité, quand les méchants, au contraire, jouissent d'une félicité constante.

— Cela est certain.

— C'est pourquoi, conclut Guillaume d'un air triomphant, il faut reconnaître que la résurrection de la chair est certaine et, qu'en l'autre vie, se fera la rémunération du bien et du mal méritée en ce monde, car il ne se peut pas que Dieu laisse le bon puni et le méchant récompensé.

— Ta réponse me plaît grandement! s'écria le roi. C'est au point que, par ta parole, tu as ôté tout le doute qu'il y avait en mon cœur.

On était arrivé au camp. Amaury mit pied à terre, et, tout aussitôt, Hugues de Césarée s'avança vers lui, suivi du vieillard inconnu.

— Qu'y a-t-il, chevalier? dit le roi. Vous semblez désirer audience.

— Sire, répondit Hugues, cet étranger venu de loin demande à vous entretenir sur l'heure et secrètement.

Amaury fit un pas vers le vieillard.

— Dieu te garde, mon hôte, dit-il. Que veux-tu de moi?

L'inconnu, en voyant le roi, avait pâli et dardé sur lui un farouche regard. Il balbutia :

— Avec toi soit le salut, noble Franc.

— Tu parais douloureusement ému, dit Amaury, qui vit ce trouble. Parle, ne crains rien.

Mais l'autre baissa la tête et murmura comme pour lui-même :

— Le saint Qorân nous l'enseigne : le paradis est à ceux qui pardonnent.

— J'attends, dit le roi, les sourcils froncés.

Alors le vieillard se rapprocha, baissa la voix :

— Roi chrétien, te souviens-tu de la musulmane Zobeïde, fille du prince de Hama?

Amaury, pâle à son tour, eut un cri de surprise, et vivement entraîna l'étranger sous sa tente, en faisant signe à Guillaume de les suivre.

— Zobeïde! C'est bien le nom que tu as dit? s'écria le roi haletant d'émotion, dès que le rideau fut retombé. Vois, Guillaume : Notre-Dame de Tortose nous favorise d'un miracle. Ce que nous la supplions de nous faire savoir, ce vieillard, sans doute, vient nous l'apprendre.

— Vous avez combattu pour le ciel : le ciel veut effacer vos fautes, dit l'évêque.

Le roi montra Guillaume à son hôte en lui disant :

— Il est mon confesseur et sait mes faiblesses. Parle : tu peux t'expliquer devant lui. Zobeïde, dis, que sais-tu d'elle? Depuis que son père me l'arracha si cruellement, rien, plus rien! Le mystère, le silence de la mort.

— C'était la mort, en effet, seule capable d'emporter avec elle le déshonneur.

— Ah! ce père implacable, ce monstre, il l'a tuée?

— C'était mon frère, il n'est plus, dit le vieillard avec dignité. Je suis prince de Hama.

— Pardon, prince... Zobeïde est morte?

— Elle était condamnée au glaive; mais, à

force de prières, j'obtins un sursis, au nom de l'innocente créature qui allait naître, et, par bonheur, épuisée de honte et de chagrin, Zobeïde mourut quand son enfant vit le jour... Ainsi, elle échappa au bourreau. Son père, miné par le désespoir, succomba bientôt après.

— Voyez, roi, dit Guillaume, combien la légèreté de la jeunesse peut engendrer de malheurs en quelques instants de plaisirs coupables.

— Ah! j'expie, Guillaume, j'expie! dit Amaury en couvrant ses yeux de sa main.

— Daignerez-vous nous dire, prince, demanda l'évêque, ce que l'enfant est devenu?

— Je l'ai élevé : une fille, la joie de ma vieillesse. On me l'a prise!

— On vous l'a prise? Qui, qui donc? s'écria le roi.

— Qui?... le terrible Raschid ed-Din, le vautour de la montagne, qui nous tient tous les deux dans ses serres.

— Lui! Pourquoi?

— Je l'ai bravé; il m'a vaincu jusqu'à m'avoir à sa discrétion et ne m'accorda la paix qu'en exigeant ma Gazileh comme otage. J'ai cru d'abord que ce n'était là qu'un caprice du vainqueur, pour me torturer mieux; mais, en apprenant que le roi de Jérusalem l'avait gravement offensé, j'ai tout compris.

— Comment? qu'as-tu compris?

— Qu'il a pris cette jeune fille pour nous mieux tenir, toi et moi.

— Il saprait qu'elle est ma fille?

— Sans aucun doute, il le sait. Que ne sait-il pas?... C'est pourquoi, dès que la nouvelle de votre différend est arrivée jusqu'à moi, je suis parti, déguisé en derviche. Ai-je échappé aux espions du jaloux Raschid? Je ne sais; en tout cas, les poignards de ses Dévoués n'ont pas cherché mon cœur. Je suis venu à pied; l'angoisse me donnait des forces, et me voici. Je te révèle l'existence de cette enfant, que je voulais taire à jamais, pour te supplier en même temps de ménager toutes les susceptibilités de l'ennemi, si tu veux réparer un peu de ta faute passée, en protégeant ta fille.

— Si je le veux! dit Amaury, en serrant les mains du prince. Mais bannis toute crainte : Raschid sait que mes torts envers lui n'étaient qu'apparents et combien est sincère mon désir de lui donner satisfaction. Je suis son prisonnier volontaire, et, bien qu'il ne m'ait pas encore visité, il se montre envers moi plein de courtoisie. Il sait cependant que les Templiers maudits, que Dieu damne! refusent la réparation demandée, et que l'affaire menace de traîner en longueur.

— Dieu soit loué! s'il en est ainsi.

— Il nous protège, sois-en certain. Ta venue ici en est la preuve. Cette enfant que je désespérais de connaître jamais, elle est là à quelques pas. Bientôt, elle nous sera rendue. Reste près de nous, prince, reste jusqu'à ce jour heureux.

— Soit, je resterai, dit le prince de Hama : il me semble que plus près de Gazileh, je serai moins malheureux.

Le roi ordonna de dresser une tente pour l'hôte que Dieu lui envoyait et de préparer un festin. Et, lorsque le vieillard se fut retiré pour se reposer, Amaury courba le front devant l'évêque et lui dit :

— Quelle oblation dois-je au ciel pour la faveur qu'il m'accorde?

— Si on la mesurait à la grandeur de la grâce, elle serait magnifique.

— Qu'elle le soit, Guillaume. Je te laisse libre de la fixer!

XIII

A cette heure-là même, Hugues de Césarée, levant les yeux, pour la centième fois en ce jour, vers le château du Vieux de la Montagne, aperçut, à un des créneaux, quelque chose de blanc qui palpitait. Avec un cri, il s'élança jusqu'au bord du fossé vertigineux, la main sur les sourcils, regardant de tout son pouvoir. Mais c'était si confus, ce qu'il voyait, si léger, si perdu dans la lumière du ciel!

Le comte de Tripoli et Homphroy étaient accourus auprès de Hugues, en entendant son exclamation.

— Qu'est-ce donc, chevalier? dit Raymond. Vous êtes tout ému...

19.

— Et si pâle, ami, qu'avez-vous?

— Dites, dites, s'écria Hugues en saisissant la main de son frère d'armes, vous, dont la vue dévore les distances : là-haut, à cette tour, est-ce une colombe qui bat des ailes, le lambeau d'un nuage déchiré?...

Homphroy regarda un instant.

— C'est un tissu léger qui flotte au vent, dit-il.

— C'est bien cela : le signal! Ma bien-aimée m'appelle à son secours.

Raymond de Tripoli écarquillait les yeux.

— Perdez-vous l'esprit, seigneur?

— Je n'ai pas le loisir de vous expliquer, dit Hugues... Sachez seulement qu'il me faut pénétrer dans ce château, ou bien mourir.

— Que voulez-vous faire? s'écria Homphroy. Vous savez bien que toute une armée ne forcerait pas ces murailles.

— Le courage de l'homme s'arrête devant l'impossible, dit le comte de Tripoli.

— Si Eschive était là, prisonnière, et vous appelait à son aide, songeriez-vous à l'impossible? dit Hugues, qui mesurait de l'œil le précipice.

Raymond, d'abord interdit, réfléchissait.

— Il y a de l'eau dans ce gouffre, dit-il. On pourrait peut-être y descendre et le traverser à la nage. Mais comment escalader ensuite ce massif, qui est comme une muraille?

— Mieux vaudrait une poutre, s'il en était d'assez longue, abaissée avec précaution et qui atteindrait cette embrasure, dit Homphroy.

— L'honneur m'interdit un pareil moyen, ainsi que tous ceux qui pourraient faire penser que nous rompons la trêve, répondit Hugues. La folie de l'entreprise doit affecter seulement le fou... Priez pour moi, mes amis.

— Que ferez-vous donc?

Il leur montra de la main un rocher qui faisait saillie et formait une plate-forme à peu près unie en avant d'une poterne basse.

— Voyez, dit-il : là seulement on pourrait s'élancer... Ah! depuis longtemps j'y songe!

Et il appela un écuyer, lui ordonna d'apporter ses armes et de lui amener son cheval, Iblis, un arabe noir, n'ayant pas son pareil.

— Quoi? Que voulez-vous faire d'un cheval? s'écria Raymond. Vous ne songez pas, j'espère, à lui faire sauter cela d'un bond?

Homphroy, pâle d'épouvante, murmura :

— Non, non, il n'a pas une telle idée !

Hugues, les bras croisés, comme figé dans sa résolution, répondit avec calme :

— Iblis est un animal incomparable. Saladin m'en a fait don, pour me remercier, quand je l'ai armé chevalier. Ce cheval descend, m'a-t-il dit, de la monture de Mahomet : cette jument à tête de femme qui avait dix paires d'ailes, à ce qu'il paraît. Iblis en garde quelques plumes à ses sabots... Voyez, ajouta-t-il en visitant la bride du cheval, qu'on venait d'amener, n'est-ce pas une bête admirable ?... Tous ses muscles frissonnent d'impatience ; il semble ne pas pouvoir tenir à la terre.

— Seigneur, le suicide est un crime qui perdrait votre âme, dit le comte de Tripoli.

— Qui meurt pour sa dame assure son salut !

Il passa sa chemise de mailles, ceignit son épée et se coiffa d'un léger casque.

Homphroy se tordait les bras.

— Hugues ! Hugues ! cria-t-il, que je regrette de ne plus vous haïr, puisqu'il me faut endurer une telle angoisse à cause de vous !

— Dieu protège mon amour : j'en ai eu des preuves, vous le savez. J'ai bon espoir.

Attirés par cette scène, des chevaliers et des soldats s'étaient approchés; de plus en plus nombreux, ils s'attroupaient, discutaient, tout émerveillés.

— Qu'il n'aille pas faire un pareil saut, pour se rompre le cou, disait-on; le château est enchanté; pour y entrer, il faut être comme mort, et emporté par le magicien.

Homphroy se jeta à genoux.

— Je vous en supplie, renoncez à cette folie !

Mais Hugues le releva, l'embrassa tendrement, puis se mit en selle. Alors Raymond saisit la bride et cria :

— Par la force il faut s'opposer à un accès de délire. Barrez-lui la route!

— Ne m'arrêtez pas, comte de Tripoli, dit Hugues, dont le visage s'empourpra; restons amis, je vous en conjure.

Puis, dardant son regard clair sur tous, il toucha la poignée de son épée :

— Le premier qui bouge a vécu !

Un sergent s'avança cependant.

— Non pas celui, j'imagine, qui, plein d'enthousiasme, réclame l'honneur de verser à un héros le coup de l'étrier, dit-il, en tendant au chevalier un gobelet plein de vin.

— Je n'ai pas le cœur à boire.

— Ce vin a été récolté à Bethléem, sur l'emplacement même de la crèche. C'est un philtre divin qui doit centupler les forces. Le refuser serait impie.

— Donne donc, dit Hugues, qui vida le gobelet. Adieu, mes amis, ajouta-t-il. Je ne vous demande plus qu'une grâce. Retenez tout mouvement, toute clameur, qui pourraient effrayer mon cheval et diminuer son élan. Mon salut est dans la force de ses jarrets.

Il baissa la visière de son casque et tourna le dos au château pour prendre du champ. Puis il fit volte-face, s'affermit sur ses étriers et, après avoir fait un signe de croix, il éperonna la bête frémissante.

L'angoisse tenait la foule immobile, oppressée, muette. Homphroy, pâle d'épouvante, s'aveuglait de ses mains.

Le cavalier passa, presque invisible, froissant l'air comme un grand vent, s'élança au-dessus du gouffre.

Aussitôt, un grand fracas de branches et de

métal, un cri d'horreur, jaillissant de toutes les poitrines. Homphroy était tombé à genoux, se cachant davantage les yeux sous ses mains.

— C'est fini! murmurait-il.

Tous étaient penchés maintenant sur l'abîme, que de légers feuillages et des fleurs couvraient çà et là. Parmi les cris confus et le brouhaha, des mots se détachaient :

— Quelle pitié! — Jésus, fais grâce à son âme! — Brisé sur les rochers! — Son sang a jailli!

Puis, tout à coup, la clameur redoublant et une seule voix criant :

— Victoire!... Il vit!... C'est un prodige! Le cheval seul rebondit de roche en roche! le chevalier s'est retenu à des branches! Il vit! le voilà!...

Homphroy se releva d'un bond, découvrant son visage trempé de larmes.

— Que disent-ils?

— Oui! oui, c'est vrai, dit le comte de Tripoli. Au moment où le cheval s'abîmait, Hugues, d'un élan désespéré, s'est jeté dans un buisson et s'y est retenu, Dieu sait comment. Le voici qui remonte du gouffre; mais il semble à bout de forces.

— Ah! Madame la Vierge! s'écria Homphroy, les mains jointes, je construirai une chapelle en votre honneur pour vous remercier d'avoir sauvé mon frère d'armes.

— Que fera-t-il, maintenant? dit Raymond. Il ne peut ni escalader les murailles, ni forcer les portes. Sa situation est digne de pitié.

— Nous veillerons sur lui pour l'aider, s'il est possible, dit le connétable... Mais voyez donc! Qu'a-t-il?... Est-ce qu'il est blessé? On dirait qu'il perd connaissance.

Hugues avait réussi à se hisser jusqu'à la saillie de rocher qui précédait la poterne. Mais là, comme épuisé, il chancelait, passait la main sur ses yeux, semblait vouloir échapper à un engourdissement. Puis il tomba sur un genou, s'étendit et ne bougea plus.

— Hélas! est-il mort? dit Homphroy.

— Non, non, je comprends, s'écria Raymond : il s'endort! Cet homme qui l'a fait boire là, tout à l'heure ; un sectaire déguisé!..... Où est-il?..... Disparu..... Je l'aurais juré! Tenez, voyez.

Silencieusement, la poterne s'ouvrit; des Frères de la Pureté parurent.

— Hugues! Hugues! prenez garde! cria Homphroy, éveillez-vous!

Deux des Assassins se courbèrent vers le chevalier, le prirent par les épaules et par les pieds, comme un mort, et l'emportèrent dans le château.

Lentement, la porte se referma.

20

XIV

En sortant d'un sommeil profond et noir, vide comme la nuit du néant, Hugues de Césarée ne se souvint pas du chevalier qu'il était. Il lui sembla voir la lumière pour la première fois, naître à la vie, dans la plénitude de la jeunesse, mais vierge de corps et d'âme, autant qu'un enfant.

Une joie intense le pénétra, en même temps que la lumière l'éblouissait : joie d'exister, de comprendre, d'être libre. C'était Adam s'éveillant dans le paradis.

Le front au ciel, ses yeux buvaient le jour, dont il était avide, comme le nouveau-né du lait qui lui donne la vie. Il croyait l'absorber, et il le sentait pétiller dans son sang, s'épanouir en gerbes d'étincelles dans son cerveau, l'exalter, l'enivrer.

Longtemps il savoura cet enchantement qui rayonnait du ciel ; puis il se souleva un peu, dans les mollesses exquises de son lit de fleurs, abaissa ses regards et il eut un sourire extasié devant l'harmonieuse beauté des choses.

Sous une brume odorante, des frondaisons splendides, des palmes géantes, entre lesquelles apparaissaient la candeur et la grâce des jeunes corolles. Il le savait, c'étaient pour lui qu'elles fleurissaient, à lui qu'elles vouaient leur suave amour. Le parfum portait jusqu'à lui les confuses rêveries de ces fleurs, et, dans son esprit, elles se précisaient, palpitaient, puis s'envolaient en forme d'oiseaux et de papillons. Multipliés par sa fantaisie, ils formaient comme une nuée frémissante, et il suivait le vol de tant d'ailes brillantes, le frisson multicolore des plumes, tout heureux de sentir tomber sur lui, en pluie mélodieuse, les cris et les chants de ces merveilleux oiseaux.

Mais un désir le piqua : il voulut connaître son Eden, le parcourir en entier. Cependant une douce paresse le retenait sur la couche moelleuse, un accablement délicieux, auquel il était impossible de s'arracher.

L'élan de sa volonté avait suffi : une onde caressante souleva le lit comme une nacelle, et il glissa, avec un bercement léger, qui ajouta encore de plus subtils charmes à cette lassitude heureuse. Par les jardins prodigieux, où les fleurs semblaient des étoiles et les feuillages des émeraudes, il allait et, sans effort, jouissait du plus menu détail : des fibrilles rayant la transparence des feuilles, des dentelures délicates, du velouté des pétales où les nuances se mouraient en tendres pâleurs, et, même, il distinguait, hors des calices, comme une haleine, les parfums s'exhalant en d'immatérielles fleurs, qui frôlaient leurs aromes, et il croyait voir des baisers d'âmes.

Puis parut un portique, haut, grandiose, d'une majesté saisissante, et la beauté de la courbe de porphyre, où s'enchâssaient des turquoises, lui causa une émotion extrême. Il comprenait l'amicale tendresse qui unissait les gemmes et les marbres, le bonheur avec lequel le doux azur s'appuyait aux blancheurs opalines, en recevait et lui donnait des charmes. Tout l'édifice, qui sculptait l'air en une forme précise, limitant l'espace,

20.

lui sembla plus grand que l'illimité. La lumière
et l'ombre étaient là soumises, se posant, selon
l'ordre, aux rondeurs des colonnes, aux nervures
des arceaux fleuronnés, allumant les ors et les
émaux, tissant des voiles de mystère au lointain
des perspectives.

Incrustées dans l'or, des végétations de pierreries fleurissaient l'albâtre des parois : des pierreries belles comme des yeux. Et, avec elles, il
échangea des regards.

Mais, dans sa béatitude, quelque chose l'op-
pressait : était-il donc seul de sa race? N'y avait-
il que lui au monde?... Dans des ajourements de
l'architecture, de grands aigles, posés comme des
statues, vivaient. D'un mouvement de leurs prunelles, couleur de soleil, ils lui montrèrent, au
loin, quelque chose de brillant. Et il vit, debout
sur une sphère de cristal, vêtue de brouillard et
inondée de rayons de lune, une femme qui dan-
sait. Des flèches de lumière jaillissaient à chacun
de ses gestes; elle s'avançait, en faisant rouler le
globe clair sous ses pieds nus, avec une harmonieuse vibration qui rythmait la danse. Hugues
était criblé de lueurs, dont chacune le brûlait
comme une caresse, et les changeantes attitudes

de ce corps délicieux ondoyaient jusqu'à lui, l'enlaçant de chaînes invisibles; mais il les rompait d'un sourire.

Elle vint tout près, dans une musique grandissante, tellement lumineuse qu'elle aveuglait; puis elle recula, servant de guide, jusqu'à une salle magnifique, doucement éclairée par des vitraux faits de pierres précieuses. Le centre était creusé en piscine, autour d'un jet d'eau qui jaillissait jusqu'à la coupole et retombait en poussière irisée. Sur des marches en lapis-lazuli, dont le bleu foncé faisait ressortir la neige ou l'ambre de leurs corps, des beigneuses nues, belle chacune d'une beauté spéciale, étaient groupées, dans des poses d'une grâce savante. Toutes avaient des yeux de lumière et des sourires de fleurs.

Le jeune enivré se penchait, étreint par un désir poignant, et, pour lui plaire, elles se roulaient dans l'eau limpide, glissaient avec de gracieuses torsions, arquaient leur torse souple, et l'on voyait leur cœur gonflé d'amour, battre sous les veines bleues de leurs seins. Elles tendaient les bras vers lui et, comme pâmées, les yeux clos, se renversaient dans l'éparpillement de leur chevelure.

Mais lui, dans une angoisse, cherchait, plein d'impatience, au delà d'elles, il ne savait quoi. Pourtant, il en était certain, elles lui voilaient l'absolu bonheur.

Devant son dédain, elles pleurèrent, tordirent leurs beaux bras et leurs doigts frêles; puis, fâchées, l'éclaboussèrent de gouttes d'eau et de larmes. Il eut alors les mains pleines de diamants. Elles plongèrent et disparurent sous l'onde devenue opaline, et lui, déjà, les oubliait à regarder le diamant impénétrable se livrant avec amour à l'intangible lumière.

Il releva les yeux devant une haute porte, belle et sévère, où, sur les battants fermés, une inscription flamboyait :

« LE SAVANT, DANS SES ŒUVRES, VIT LONGTEMPS
« APRÈS SA MORT.
« L'IGNORANT EST MORT, MÊME PENDANT QU'IL
« MARCHE SUR TERRE. »

La porte s'ouvrit, et la musique d'harmonieuses pensées embauma l'air. Il n'y avait là que des livres, antiques ou récents; des écrits, tracés en vermillon, en or, en azur, sur le vélin ou la soie,

les uns en rouleaux, les autres en feuillets,
enfermés dans des étuis d'ivoire, de laque et
d'argent ciselé, dans des boîtes de bois de santal,
d'or pavé de pierres fines, ou bien faites de deux
larges turquoises ramagées d'écriture. Sur des
divans et sur le sol, couvert de tapis brodés de
perles, des vieillards lisaient des rouleaux dépliés.
Ils étaient absorbés et haletants, les sourcils
froncés par l'effort, sur leurs yeux rougis de
fatigue.

Hugues considéra ces nobles hommes, dont la
longue vie ne suffisait pas à absorber toute la
science et il eut un sourire compatissant. Pour
lui, sans lassitude, d'un coup d'œil il lisait tout
un rayon. Il n'était pas besoin de dérouler les
manuscrits, et pas une ligne ne lui échappait. Il
lut ainsi l'histoire du monde, les légendes, les
théologies, les guerres des peuples, la gloire des
rois et leurs crimes; il s'initia aux secrets de
l'astronomie, de l'astrologie, à la médecine, à
l'alchimie. Il n'omit rien, ni les traités d'agriculture et de jurisprudence, ni la morale des philo-
sophes, ni les divans des poètes. Et le jour n'avait
pas sensiblement décru pendant le temps qui lui
avait suffi pour boire tout le savoir humain.

Un immense orgueil l'emplissait à l'idée de sa supériorité et de l'étrange puissance de son esprit, qui lui permettait de vivre plusieurs existences dans le battement de quelques heures. Et il eût voulu plus d'air devant l'essor de son rêve pour qu'il pût s'envoler, plus libre, dans un espace illimité.

A l'ordre de son désir, une arche énorme découpa l'azur du ciel, l'azur de la mer.

L'écume des lames neigea sur la neige du vaste escalier qui descendait jusqu'à elles; il entendit leur caresse soyeuse, respira la senteur fraîche de la brise du large. Et l'impatience du voyage le saisit lorsqu'il vit une galère à l'ancre, belle et fringante ainsi qu'un cheval de race, s'agitant et tirant sur la chaîne comme pour la rompre. Ses mâts s'élançaient, droits et minces, dans la dentelle des cordages; sa proue gonflée était revêtue d'or repoussé et toute fleurie d'escarboucles; sur ses flancs retombaient des tapis brodés dont les franges jouaient avec l'eau, et des flots de banderoles, gaiement, tout autour d'elle, claquaient dans le vent. Des adolescents, d'une beauté extrême, formaient l'équipage, vêtus de tuniques courtes, les bras nus, de légères toques

rouges sur leurs cheveux bouclés; ils couraient
çà et là, bondissaient, grimpaient dans la mâture,
larguaient les voiles, tandis que, sous un tendelet,
l'Émir Al Bâhr, Seigneur de la Mer, drapé dans
la blancheur de son burnous, surveillait l'appa-
reillage.

Hugues était déjà sur le pont, et aussitôt
l'ancre fut levée, car c'était lui qu'on semblait
attendre. Les voiles se bombèrent, le gouvernail
doré cria, et, saluant la route, le navire bondit
sur les lames.

La terre disparut bientôt. Il vola sur la mer,
prit une course de vertige. Et pourtant le voya-
geur trouvait cette allure trop lente, tant il avait
hâte d'aborder aux lointains rivages; car, il le
savait maintenant, il partait à la conquête d'un
mystérieux trésor, à la recherche de ce bonheur
inconnu, dont le désir le dévorait, mais qu'il ne
pouvait préciser.

Il visita d'innombrables royaumes, et, partout, on l'accueillait comme le suzerain du
monde.

Les princes venaient lui rendre hommage, et
tous, s'efforçant de le retenir, lui offraient en
mariage la plus belle de leurs filles.

On lui amenait les princesses, tantôt en palanquins ornés de plumes, tantôt dans des chars traînés par des bœufs blancs, tantôt sur des dromadaires ou sur des éléphants caparaçonnés de brocart. Éperdu d'espoir, il regardait ardemment chaque fiancée nouvelle, mais, déçu, toujours, il la repoussait et reprenait la mer.

A bout d'espérance, il médita. Il comprit enfin que son cœur était captif dans une prison de rubis dont la clef était perdue, que cette clef était un nom.

Alors, la brise lui révéla qu'elle seule pouvait le conduire au port inconnu qu'il cherchait. Et le navire livra toutes ses voiles au caprice du vent, qui le poussa vers une île merveilleusement touffue et fleurie; de laquelle un oiseau était roi.

Tous les arbres de cette île charmante avaient leurs branches en argent et leurs feuillages en or de différentes nuances, si légers que le moindre souffle les agitait; les oiseaux qui voletaient étaient des pierreries vivantes.

L'enamouré courut d'un arbre à l'autre, cherchant le roi ailé qui avait trouvé le nom perdu. Les yeux suppliants, l'oreille attentive, il atten-

dait; mais les gais chanteurs chantaient leur chant
d'oiseau et ne disaient aucun nom.

Il s'avança encore, s'enfonçant dans la forêt
mélodieuse, ému, haletant. Quand, las de la
course, il avait soif, les fruits se penchaient vers
sa bouche, et c'étaient des coupes, creusées dans
une pierre précieuse, pleines d'exquises liqueurs,
qu'il savourait délicieusement. Une fois, pourtant,
exténué, il entr'ouvrit ses lèvres pour boire encore,
et, au lieu du fruit au frais breuvage, une divine
jeune fille tendit ses lèvres à son baiser. Elles souriaient à demi, veloutées comme les pétales des
roses, tout emperlées et plus embaumées que la
fleur. Elles le grisaeint, le fascinaient, et, peu à
peu, il se rapprochait, plein de frissons, avide de
la brûlure et du rafraîchissement qu'elles promet-
taient. Cependant, avec un cri, dans un effort
douloureux, il se déroba, fit à sa bouche un bouclier de sa main.

Alors, dans les branches de l'arbre d'or, l'oiseau
roi, à pleine voix, chanta; il redit enfin le nom
oublié : « Gazileh! Gazileh! » Et, après lui, toute
la forêt le proclama.

Le cœur du jeune homme se dilata à se rompre,
sous le sanglot heureux de son amour délivré,

21

et, quand, à son tour, il prononça le nom bien-
aimé, tout son être fut traversé par la fulgura-
tion d'une volupté tellement surhumaine qu'elle
le terrassa, le jeta brusquement dans l'anéantis-
sement de la mort.

XV

Raschid ed-Din, un poignard à la main, était debout près du lit sur lequel Hugues de Césarée gisait, inerte. Appuyé du genou au rebord de la couche, ses bras croisés comprimant sa haine, les prunelles fixes, le prophète contemplait le chevalier.

— Le voici donc, songeait-il, celui qui triomphe de moi! Le premier homme qui m'ait vaincu! Quelle puérile curiosité me pousse à l'examiner ainsi? Est-ce pour surprendre sur ses traits le secret de sa victoire? Peut-être!... Eh bien, je ne vois rien de plus, sur ce visage, qu'une téméraire ardeur de jeunesse, dans ces membres souples, que la grâce et la force; mais sur le front blanc

et lisse, je ne distingue aucun de ces signes qui
dénoncent le génie, aucun de ces sillons souverains de la pensée, rien de cette empreinte lumineuse, dont Dieu marque les dominateurs du
monde. Non; mais j'y puis lire l'expression d'un
dévouement passionné, une candeur d'enfant, un
oubli de soi-même qui conquiert à cet homme
l'amour, tandis qu'à moi on ne me rend que des
hommages.

Ah! j'ai voulu être plus qu'un mortel! Par la
force de ma pensée, je me suis élevé au-dessus de
mes semblables; je les ai dominés par la science;
par la solitude, j'ai empli le monde de ma
renommée; par la continence, j'ai tout possédé.
Rien ne m'atteignait plus des misères d'ici-bas...
Et voilà, ainsi qu'un fils rebelle, mon cœur, si bien
dompté, qui, brusquement, rompt le joug pour
battre et souffrir comme un cœur vulgaire! Aussi
déchu de ma grandeur, je suis l'égal du premier
homme venu, moins que lui, même, puisqu'on me
le préfère.

Est-ce bien possible? J'envie ce soldat! Je suis
jaloux de lui!... Moi, jaloux!... Se peut-il que je
le haïsse au point de vouloir l'égorger de mes
mains?... Oui! oui! cela est. Je ne commande plus

au désordre de mes pensées : j'y assiste comme
le médecin impuissant qui analyse sa propre
agonie. On ne résiste point à un fléau. Il faut le
laisser épuiser toute sa rage, avant d'expirer ou
de guérir. Guérir?... Le mal a-t-il même distillé
pour moi tout son venin? Non ; je le sais bien, ce
n'est rien encore. Je voudrais, en tuant cet homme
quelques heures plus tôt, échapper à l'épreuve.
Je ne le dois pas : il me reste à voir ces amants
l'un près de l'autre, à épier leurs aveux et leurs
transports... Alors peut-être, l'excès de la fureur
et de la honte, comme le choc du noyé, qui touche
le fond de l'eau, le fait remonter, me rejettera
hors de cette folie.

Allons!... Il le faut... Je le veux. Bientôt, il va
s'éveiller de son ivresse, plein de langueur encore.
Qu'elle vienne donc! Qu'elle me fasse subir cette
heure d'enfer, heure de paradis pour eux, la seule!
car ni lui ni elle ne verront la fin de ce jour.

Lentement, il remit le poignard dans la gaine
passée à sa ceinture et, après un dernier regard
farouche jeté sur son ennemi, il s'éloigna.

Hugues revenait à la vie peu à peu, et ses regards, troubles encore, erraient paresseusement
autour de lui, sur les arbres et les fleurs, sur la

21.

fontaine de porphyre d'où jaillissaient des gerbes d'eau de rose, et ils s'arrêtaient, comme éblouis, sur la haute baie d'une porte en plein cintre, fermée par un rideau de gaze qui, du haut en bas, frémissait d'un étincellement de pierreries.

Au même moment, Gazileh était conduite avec Nahâr, dans cette partie des jardins qu'elle ne connaissait pas, et, lorsqu'elles eurent atteint la fontaine d'eau de rose, on les laissa libres.

La jeune princesse, irritée et fiévreuse, s'assit sur la margelle polie, laissant la fine poussière des gerbes rafraîchir ses joues brûlantes.

— Pourquoi nous a-t-on poussées de ce côté? dit-elle. Est-ce ici que je dois mourir? A quoi bon me faire languir ainsi? Le tigre au moins déchire sa proie dès qu'il l'a saisie, et dédaigne ce jeu cruel du chat avec la souris.

— Ah! ne brave pas ainsi le maître, par des paroles outrageantes, s'écria Nahâr : il les entend toutes. Tâche de le fléchir plutôt.

— A la condition de l'aimer, peut-être? Non : mourir me plaît mieux.

— Quand d'un mot tu pourrais être plus qu'une reine!

— Tu te trompes, Nahâr : il n'est plus temps.

Même si je le disais, ce mot, le prophète ne ferait pas grâce. La jalousie l'enflamme, aujourd'hui, et change son amour en haine. Et comment pourrait-il pardonner, en effet, lui, un dieu, de s'être vu préférer un mortel?

— Eh bien, où est-il ce mortel? Qu'a-t-il tenté pour te délivrer?

— Plût à Dieu qu'il n'ait pas vu ce signal, ni risqué quelque sanglante folie...

— Gazileh!...

Hugues, déjà, était à ses pieds.

Tous deux, sans souffle, sans voix, ils s'étreignirent éperdument, se buvant du regard.

Nahâr, toute tremblante, les contemplait.

— Lui! c'est lui! murmurait-elle. Tout est bien perdu maintenant! Ah! quelle folie ai-je faite en l'appelant!

Gazileh, chancelante, serait tombée si Hugues ne l'eût retenue dans ses bras. Doucement, elle essayait de se reprendre, de se dégager.

— Comme c'est étrange, dit-elle, j'étais forte contre l'adversité, et la joie me fait presque défaillir... Vous pleurez? mon chevalier!

—Ah! ce sont mes premières larmes, dit-il; la violence du bonheur me les arrache!

— Vous revoir, je ne le croyais pas !

— Est-ce bien possible? Tandis que, si ardemment, je vous appelais, vous désiriez ma présence?

Mais Gazileh, épouvantée, s'arracha de ses bras.

— Ai-je dit cela? s'écria-t-elle, ai-je désiré votre mort?

— Ma mort!....Oh! qu'avez-vous? Vous ai-je fâchée?

— Pouvez-vous fuir d'ici?... Comment y êtes-vous venu?

— Une nuit opaque s'étend sur mes souvenirs, dit-il; je sais seulement que vous êtes toute ma vie et qu'elle a atteint son but, puisque je suis près de vous. Comment je suis venu, quel est ce lieu, je l'ignore. Qu'importe?... Quant à fuir, si cela m'éloigne de vous, c'est une dérision de le proposer.

Gazileh, au désespoir, se tordait les bras.

— Hélas! pourquoi vous ai-je secouru, quand votre voix mourante m'appela! Pourquoi n'ai-je pas laissé tout votre sang fleurir le sol, comme un parterre de roses, au lieu d'arrêter le fugitif, de refermer sa prison? Il a couru de nouveau, ce noble sang, jusqu'au cœur ardent et fier, qui s'est remis à palpiter, et que j'attire aujourd'hui sous le poignard.

— Comment ne comprenez-vous pas que mille fois mieux me plaît de mourir par vous, que de vivre sans vous avoir revue?

Mais Nahâr s'élança entre eux.

— Ah! laissez toutes ces paroles flatteuses, dit-elle, et songez que vous êtes venu pour la sauver. Vous êtes vraiment un héros, puisque vous avez pu entrer ici. Alors, faites quelque chose.

— Parlez! parlez! dit Hugues, attentif. La brume qui couvre ma mémoire est comme traversée d'éclairs.

— Du haut de la tour, son voile blanc vous annonçait sa détresse...

— Oui! oui! couvert de mes armes, je m'élance; mon cheval s'abîme dans le gouffre, tandis que moi, par miracle, j'échappe à la chute. Je remonte, j'atteins le château... puis... la nuit... le sommeil... un rêve merveilleux... un enchantement digne du ciel... ou de l'enfer... des délices sans pareils... et de nouveau l'oubli, l'évanouissement.

— Ah! le magicien vous a pris dans ses pièges. Vous êtes, comme moi, en son pouvoir, prisonnier par ma faute.

— Dans la prison où vous êtes captive, dit Hugues, n'est-ce pas là une grâce du ciel? Quand je pouvais m'écraser au fond du gouffre et mourir sans vous avoir revue...

— J'étais courageuse et forte quand je craignais pour moi seule. Maintenant, ma crainte est doublée, et elle m'accable.

— Dites, que redoutez-vous?

Gazileh se taisait. Ce fut Nahâr qui répondit :

— Le chevalier franc a vu Gazileh et l'a aimée. Raschid ed-Din a aimé Gazileh dès qu'il l'a vue; et, s'il n'est pas choisi, celui qui jamais n'a été vaincu, il sacrifiera le vainqueur, avec celle qui décide la victoire.

Une brusque douleur crispa le cœur du jeune homme :

— Il vous aime, Gazileh! dit-il. Et vous?...

— En cela du moins, j'échappe à sa puissance! s'écria-t-elle avec enthousiasme. Quel est le geôlier qui peut tenir captifs la pensée et le sentiment? Il n'y a pas de cage pour ces ailes divines; aucun lien ne les enchaîne, nulle torture ne les dompte. Eût-on même, par la souffrance, arraché à mes lèvres un aveu menteur, mon cœur resterait son maître : il garderait intact le trésor de

son amour. Ah! n'est-ce pas la plus grande gloire
de l'homme, cette liberté de l'âme que rien,
jamais, ne peut lui ravir?

— Ó Gazileh! dois-je comprendre?

— Comprends donc, malheureux! Le temps
nous manque pour ces douces et coquettes
manœuvres de la pudeur qui retardent un aveu.
Sache au 'moins, puisque tu te perds pour lui,
que mon amour est à toi et que j'aime mieux
mourir pour l'avoir dit que de vivre en me taisant.

— Est-ce que c'est un rêve encore? dit Hugues,
perdu dans une extatique contemplation. Vous
dont le front rayonne d'autant de majesté que
celui de Dieu même, vous dont un sourire vaut
plus que la vie de dix chevaliers, vous qui, pendant de si cruelles années, étiez loin de moi,
autant que les archanges du ciel, et pour qui seulement je désirais mourir, c'est vous qui m'avez
parlé?...

Avec une curiosité avide, ils se regardaient, car
ils se connaissaient si peu que la réalité de leur
existence leur causait à tous deux la même surprise. Cette image, qu'ils portaient l'un de l'autre
dans leur pensée et qui était leur trésor unique,

dérobée en de si rares minutes, restait imprécise, fuyante, insaisissable au souvenir, ne se montrant qu'en de brusques éblouissements, qui enivraient l'âme, mais laissaient les yeux inassouvis. Aussi éprouvaient-ils un indicible bonheur à compléter la vision, à attarder leur contemplation à des détails évoqués souvent en vain.

Elle plongeait son regard dans les yeux du chevalier, s'étonnait de l'envahissement de la claire prunelle par la pupille, qui s'épanouissait, pareille au cœur noir d'une fleur d'azur, élargissait son ombre fluide, comme pour mieux laisser voir l'âme.

Ses yeux à elle, sous l'irradiation des cils, semblaient des soleils noirs, du velours plein de diamants, un infini d'ombres et de lueurs. Leur scintillation profonde engourdissait l'âme, absorbait la volonté et donnait l'alanguissant désir de s'endormir à jamais dans une nuit d'éternelles délices.

Elle l'avait rêvé toujours pâle sous un ruissellement de pourpre et s'émerveillait maintenant de cette carnation blonde, si doucement rosée, gardée pure malgré la rude vie du soldat; des cheveux clairs roulant en longues boucles, de cette fleur de jeunesse veloutant le bord des lèvres, de toutes les douces nuances de cette peau. d'Occidental qui, malgré la haute taille et les muscles puissants du héros, lui laissaient comme une grâce et une délicatesse de jeune fille.

Lui, au contraire, trouvait, par-dessus tout, splendide ce teint uni, qui lui semblait d'un tissu plus rare que la chair mortelle, vivifié par un sang divin, fait d'or et de lumière.

Et, incrédule à son bonheur, il murmurait, avec un frémissement de joie inquiète :

— Est-ce bien possible? C'est vous qui me faites don d'une félicité digne des anges?...

— Hélas! cette félicité sera bien courte!

— Toute une existence heureuse vaudrait-elle les délices de cette minute?

— C'est vrai, et cependant la vie terrestre semble trop brève pour épuiser les joies d'un vrai amour. Il nous faut emporter le nôtre tout entier. Qu'importe si une tyrannie cruelle nous prive des jours qui nous sont dus? L'éternité du ciel est à nous. Au lieu de nous séparer, la mort, délivrant nos âmes, nous réunira pour toujours.

Mais le visage du chevalier, soudain, se couvrit de pâleur, et il murmura d'une voix brisée :

— Ah! malheureux que nous sommes!... Séparés! séparés à jamais!

— Séparés? pourquoi? dit-elle. Mon Dieu, d'où vient cette angoisse horrible sur votre visage?

— Hélas! ma bien-aimée, le ciel est fermé pour vous! Hors l'Église chrétienne pas de salut, et vous êtes mahométane.

— Pas de salut? dit Gazileh surprise.

— C'est la loi.

— La nôtre, alors, est moins cruelle que celle des Francs, car elle ne déclare pas Dieu injuste. Tout être vertueux, chrétien ou juif, recevra sa récompense. Le paradis ne lui sera pas fermé. Cela est écrit dans le saint Qorân.

— Ce livre impie est un livre de mensonges.

— Qu'en sais-tu, enfant? dit la jeune fille avec douceur. Notre loi est venue après la vôtre et a fait, sans doute, un pas de plus vers la vérité.

— Oh! quelle torture! entendre ces lèvres chéries blasphémer!

Mais Gazileh dit gravement :

— Quel que soit le nom qu'on lui donne, Dieu est Dieu, il est unique, et tous deux nous l'adorons. Mais nos prêtres prient différemment, et, pour cela, les hommes se haïssent; pour cela, ton âme s'éloigne de la mienne et ton amour bat en retraite?

— Le crois-tu?... le crois-tu vraiment? s'écria Hugues. As-tu la pensée que le ciel puisse être autre chose pour moi qu'un exil, si tu es absente du ciel? Ah! comme tu me méconnais! Sache-le donc, la damnation m'effraye moins que l'idée d'être séparé de toi. Et moi, soldat du Christ, moi qui me suis voué à la défense du saint berceau de mon Dieu, je suis prêt à renier toute ma vie, à renoncer à la récompense qui m'est due, pour me damner avec toi.

— Tu consentirais à abjurer ta foi? dit Gazileh avec une profonde émotion.

— En le faisant, j'arracherai des morceaux de mon cœur!

Et Hugues se cacha le visage dans les mains pour étouffer un sanglot.

Mais, de ses doigts légers, elle lui découvrit les yeux, retint ses mains dans les siennes, en le regardant avec une ineffable tendresse :

— Ainsi, pour moi, tu renierais ton Dieu? Toi qui crois si fermement que les flammes éternelles puniraient ton parjure!... Tu m'aimes au point de renoncer au ciel!... Ah! rassure-toi, chère âme :

ta résolution suffit à l'orgueil de mon amour. A nous, musulmanes, il nous est ordonné d'adopter la patrie et les croyances de notre époux. Il est le maître en toute chose. Va, sans rien redouter de l'enfer, confiante en la suprême justice, si tu le veux, je me fais chrétienne.

— Vous! chrétienne! O céleste joie!

Mais Nahâr, indignée, se jeta entre eux.

— Qu'ai-je entendu, princesse, renier l'islam!

— N'est-ce pas mon devoir, puisque je l'aime?

— Ah! défendez-vous donc plutôt! tentez quelque chose pour sauver votre vie. Vous songerez ensuite à votre âme.

— Non, non, dit Hugues; quand nos âmes seront sûres de l'éternité, il sera temps de songer à leur enveloppe fragile. Notre vie bat peut-être ses dernières pulsations sur terre; ne perdons pas l'avenir du ciel. Tout chrétien a le pouvoir, quand la mort menace, d'effacer le péché, en donnant le saint baptême. Gazileh, voulez-vous le recevoir de moi?

— Je le veux.

Il l'attira doucement vers la fontaine où s'égrenait l'eau odorante.

— Cette eau, dit-il, te rendra la pureté primitive, celle qui régnait dans l'Eden avant le péché des premiers hommes. Crois-tu à ce pouvoir miraculeux?

— Je crois, dit-elle, en se laissant glisser à genoux.

Alors il prit de l'eau dans le creux de sa main et en secoua quelques gouttes sur le front de la jeune fille, en prononçant avec une ferveur ardente, les yeux au ciel, la formule sacrée :

— Je te baptise au nom du Père, du Fils et du Saint-Esprit !...

Et il ajouta :

— Reçois le nom de Notre-Dame la Vierge : appelle-toi Marie!

Et, la relevant, il s'écria dans un transport de joie :

— Sauvée! sauvée! O mon épouse chrétienne.

— Comment, dit Nahâr, ironique, c'est là toute la cérémonie? Quelques gouttes d'eau ont suffi pour effacer les croyances passées. La princesse de Hama est chrétienne!... Eh bien, défendez-la à présent.

Le chevalier poussa un cri en s'apercevant qu'il n'avait plus d'épée.

— Mon ennemi m'a enlevé mes armes, s'écria-

22.

t-il; nous sommes à sa merci. S'il se montrait, cependant, s'il acceptait le combat avec moi, par la seule force de mon bras je pourrais le vaincre.

Il cria, se tournant vers la haute porte voilée :

— Parais donc, misérable lâche, qui ne sais triompher qu'en te cachant, tuer que par traîtrise et qui ne règnes que par la magie...

— De grâce, taisez-vous, dit Nahâr, suppliante. Ce sont des prières qu'il faudrait! ces défis ne serviront qu'à hâter votre fin... Ah! tenez! ajouta-t-elle, en se rejetant en arrière.

Le rideau de pierreries venait de se relever, et, au sommet d'un escalier, couvert de tapis brodés d'or, dans l'éblouissement d'une lumière bleuâtre et surnaturelle, le Vieux de la Montagne apparut sur son lit royal. A chaque marche, alternant avec un lion enchaîné, était debout un frère de l'ordre, appuyé sur un glaive nu, coiffé d'un léger casque damasquiné d'or, dont les franges de mailles tombant jusqu'aux épaules, lui cachaient presque le visage, vêtu d'une tunique blanche nouée d'une ceinture pourpre, symbolisaient l'innocence et le sang. Tous ces hommes semblaient ne vivre que par le maître et pour lui. Leurs yeux, tournés vers les siens, avaient des clartés d'opale dans leurs

faces brunes; ardemment soumis, ils guettaient le
moindre signe, prêts, si c'était le bon plaisir de
leur dieu, à se plonger dans le cœur le poignard
passé à leur ceinture, à se précipiter du haut des
remparts, dans l'abîme, ou à égorger la victime
désignée, pour la plus grande gloire du prophète
et la conquête du ciel.

Debout auprès du trône, attristé et sévère,
Dabboûs, le chambellan au noir visage, semblait,
sous sa barbe et ses cheveux blancs, une statue
de basalte éclaboussée de neige.

La voix de Raschid, ironique et froide, rompit
le religieux silence :

— Tu t'appelles Hugues de Césarée, dit-il, De
qui es-tu l'ambassadeur? Est-ce au nom du roi de
Jérusalem que tu cries de telles invectives contre
moi, dans mon propre palais? Est-ce par son ordre
que tu as rompu la trêve? Veut-il donc la
guerre?

— La guerre! la guerre! s'écria Hugues, mais
entre toi et moi. Laisse le roi en paix, car il n'a
que faire ici!

—Pauvre roi!... Vraiment, j'ai grande compassion de lui. Combien il est peu de chose dans son
royaume! Personne ne lui obéit; on bafoue ceux

qui portent ses ordres, et ses soldats sont dange-
reux, surtout pour lui...

Le prophète s'était levé; il descendit lentement
les marches du trône, tandis que les lions tendaient
leur large mufle et dardaient sur lui leurs yeux
d'ambre. Il s'avança vers le chevalier :

— Eh bien, quelle guerre veux-tu?

D'un bond si subit qu'il ne put l'éviter, Hugues
arracha le sabre de l'un des frères :

— Le combat corps à corps avec toi! cria-t-il.

Mais Raschid, apaisant d'un geste l'émotion des
siens, dit, toujours ironique :

— Quoi! n'es-tu pas satisfait de mon hospitalité?
Ne t'ai-je pas donné un avant-goût du paradis,
dans le mirage d'un rêve enchanté? Et cette eni-
vrante entrevue avec la dame de tes pensées, qui
donc te l'a ménagée? Tu ne saurais même pas
me reprocher d'être venu l'interrompre avant ton
gracieux appel.

— Ah! cesse de railler! prends une arme et
combattons, dit Hugues tout frémissant d'impatience.

— Viens donc, si tu crois n'en avoir pas fait
assez pour que toi, et toute la vermine chrétienne,
ne disparaissiez du monde au souffle de ma colère.

Le prince, les bras croisés, le couvrait de son grand regard immobile. Et le jeune homme qui, pour la première fois, voyait celui qu'un tel prestige d'épouvante environnait, sentit tourbillonner dans son esprit toutes sortes de pensées, qui l'étourdirent un moment. Il se souvenait du magicien arrêtant par son seul pouvoir les cavaliers de Saladin et il s'attendait, sous ce regard, à ce que son bras se desséchât. Cependant le preux n'éprouvait aucune terreur et ne voulait pas attaquer un ennemi sans armes.

— Eh bien! qu'attends-tu? dit Raschid en s'avançant encore.

Une clarté subite dissipa le trouble qui embrumait l'esprit du chevalier. Soudain, il recula et jeta le sabre.

— Ah! je comprends! s'écria-t-il; tu veux me déshonorer, vouer ma mémoire à l'exécration, en massacrant mes frères à cause de moi. Eh bien, non! Je suis à ta merci : fais de moi ce que tu voudras, c'est juste : Torture-moi, fais-moi subir mille morts en un jour, invente par ta magie des supplices atroces, mais rassasie sur moi seul ta vengeance, et je te remercierai.

Raschid évitait de lever son regard sur Gazileh;

malgré lui, pourtant, il la vit, fière et digne, si
douloureusement belle de l'angoisse qui la torturait, qu'il ferma les yeux pour échapper au des-
potique charme de sa présence. Mais, la seconde
d'après, sa rage s'augmenta encore sous la honte
de cette faiblesse. Et il répondit à Hugues, d'une
voix basse et tremblante, qui ne se contenait plus :

— Des supplices?... Lesquels?... En connais-tu,
dis, capables de m'apaiser? Toi qui es aimé, peux-
tu même imaginer ce que j'éprouve, moi qui
aime en vain? Songe que j'ai voulu la voir dans
tes bras, l'entendre te donner son âme : je croyais
que cette vision-là arracherait de moi la folie; je
croyais pouvoir faire grâce peut-être, étant re-
devenu moi-même. Mais non; la douleur l'emporte; le mal est plus aigu, l'outrage plus cuisant... Un outrage! à moi! Ah! pour l'effacer, je
veux noyer le monde sous un déluge de sang.

Hugues, levant sur lui le loyal regard de ses
beaux yeux clairs, où toute colère s'éteignait, dit,
avec une émotion vraie :

— O malheureux! je comprends ce que tu
souffres et j'ai compassion de toi; je mesure ta
douleur à l'immensité de ma joie! Avant de mourir
par toi, je te pardonne.

— Tu me pardonnes! Vraiment? dit Raschid. Eh bien, moi, je te condamne, non pas à mourir : c'est trop doux et trop prompt, la mort. Je te condamne à vivre. Vous croyez m'échapper, n'est-ce pas? Elle a renié sa foi; vos âmes sont d'accord, toutes prêtes à s'envoler ensemble dans l'éternelle félicité! Non, non : elle seule va mourir, et toi, vivant, tu la pleureras. D'après tes croyances, le suicide te séparerait d'elle, en te damnant : tu vivras donc, et ta jeunesse me répond de la longueur du supplice.

— Oh! grâce! s'écria Hugues en se laissant tomber à genoux. Faites-moi mourir avec elle!

Gazileh, vivement, s'élança vers lui, le releva.

— Courage, mon bien-aimé, dit-elle; ne t'abaisse pas à de vaines prières, ne ploie pas le genou devant le bourreau. L'éternité est à nous. Dieu nous attend et t'abrégera la peine.

— Gazileh! emporte mon âme sur tes lèvres! cria-t-il avec un sanglot.

Elle se jeta dans ses bras, lui tendit sa bouche, la haussant jusqu'à son baiser.

Pour la première fois le pâle visage du prophète s'empourpra sous l'excès de la fureur :

— Séparez-les! cria-t-il d'une voix qui épou-

vanta les lions, jetez ce misérable hors du château; et elle, emmenez-la, qu'elle meure!

Dabbous, le visage inondé de larmes, s'approcha
de Raschid,

— Raschid ed-Din, dit-il, tu as tué le Dieu que
tu étais; tu es aujourd'hui moins qu'un homme!

— Assez!... quand l'éclair a lui, qui donc veut
arrêter la foudre?

Pendant qu'on l'emportait, Gazileh jeta du
bout des doigts· un dernier adieu au chevalier
qu'on entraînait, tandis que les lions, tirant sur
leurs chaînes, poussaient des rugissements terribles.

XVI

Souvent, le prince des sept Montagnes che-
vauchait par les monts et les vallées, allant de
l'un à l'autre des sept châteaux forts qui proté-
geaient ses domaines : Qadamoùs, Kahf, Rosâ-
fah, Khawabi, Maïnaqah, Ollaïqah. Il voulait tout
voir par ses yeux, tout diriger, ne rien négliger
jamais des intérêts et de la gloire de la secte dont
il était le chef.

Pour la première fois, cependant, aux clartés
pâles du jour qui se levait, dans les âpres sentiers, taillés par son ordre, le maître errait au
hasard, sans autre but, peut-être, que de se fuir
lui-même.

Le visage caché sous un voile de gaze d'or,

23

enveloppé dans un manteau blanc, qui se confondait avec la robe de son cheval couleur de lait, il montait, montait de pic en pic; éperonnait l'ardente bête que d'ordinaire un mot, dit tout bas, suffisait à diriger. Elle hennissait d'inquiétude devant la folie du cavalier, dilatait ses naseaux bleuâtres, éparpillait au vent de la course les fils soyeux de sa crinière, tandis que des étincelles jaillissaient du roc sous ses fins sabots.

De loin, dans les villages accrochés aux flancs des monts, ceux qui apercevaient le prophète, gravissant ainsi les hauteurs inaccessibles, se prosternaient et lui adressaient leur prière matinale. Ils disaient en se relevant : « Un dieu seul peut ainsi courir dans des sentiers où aucun cavalier ne saurait avancer, même au pas. »

Déjà la neige des suprêmes sommets volait sous les pieds du cheval, toujours excité par l'éperon; mais, brusquement, l'animal s'arrêta, frémissant sur ses jambes raidies, qui semblèrent s'incruster dans le sol glacé. L'abîme était à deux pas. De ce côté, le haut pic s'achevait en une cassure brusque.

Raschid resta là, immobile. Le vent avait rejeté

le voile d'or et heurtait le front pâle de l'homme, sans en rafraîchir la brûlure fiévreuse. De grands aigles noirs, que la houle de l'air balançait au-dessus du gouffre, se haussèrent à bruyants coups d'aile, pour regarder celui qui violait l'altière solitude.

Le merveilleux spectacle que ses yeux fixes reflétaient, Raschid ne le voyait pas. Mais elle le hantait, tyranniquement, la scène pendant laquelle lui, l'impassible, avait hurlé de colère; où lui, le justicier, avait été injuste! Une immense douleur l'anéantissait. Il sentait en lui un écroulement, des ruines, sa divinité brisée.

— C'était une épreuve, se disait-il, et je n'ai pas pu la subir; honteusement, j'ai été vaincu par elle. L'amour est venu, l'amour qui rend l'homme pareil à la bête, et, malgré le masque sublime dont il se parait, il a fait, du mage que j'étais, un tigre en fureur. Oui, je comprends maintenant, je vois. C'était la suprême épreuve et elle était digne de mon orgueil. Un miracle : la femme aussi belle d'âme que de corps, pouvant donner l'ivresse divine des sens et de l'esprit. L'incendie de la passion me brûlant tout entier; mais elle, froide et sans amour, gardant toutes

les merveilles de son être pour un homme au-
dessous de moi. Oh! oui, là était l'épreuve,
l'effort vraiment mesuré à ma grandeur. Et moi,
le vainqueur des faiblesses humaines, pour la
première fois j'ai été vaincu, je me suis montré
indigne, lâche, cruel. Eh bien! je suis venu ici
pour me juger, tout près du ciel, dans la pureté
de la neige.

Raschid mit pied à terre. Dès qu'il fut libre, le
cheval bondit loin du précipice, puis il s'enfuit
par des sentiers familiers.

Alors le prophète s'agenouilla à l'extrème bord
du gouffre et prit sur sa poitrine une écharpe
rougie de sang.

Un instant, il ferma les yeux, comme défaillant
à la vue de cette pourpre, fraîche encore, brodant
d'étranges fleurs la soie lamée d'or qui avait
entouré la taille de Gazileh.

— Le sang innocent crie vers moi, dit-il; il
m'accuse et me condamne. Mes Fidèles, pourtant,
ont ouvert en mon nom plus d'une source rouge,
il en a coulé des ruisseaux qui, réunis, pourraient me submerger. Et jamais pourtant, aucune
ombre n'a fait vaciller l'éclatante clarté de mon
âme. D'où vient qu'elle est aujourd'hui à ce point

obscurcie,... éteinte peut-être? C'est que, jusqu'alors, j'étais un juge équitable, que je punissais des coupables, dont les offenses avaient comblé la mesure de ma clémence et que la mort leur était due. Tandis que, cette fois!... Ai-je cru vraiment avoir le droit de détruire l'obstacle trop séduisant qui barrait ma route? Ai-je mis en balance l'avenir de mon peuple, compromis par ma folie, et la grandeur de ma mission, avec l'humble vie d'une femme?... Je dois à la vérité de me répondre : « Non! » Je cherchais à me tromper moi-même. L'idée de sa mort s'est allumée en mon esprit au seul feu de la jalousie. Avant cela, je savais qu'elle ne m'aimait pas, je souffrais avec une sorte de volupté, sans rancune et sans colère. L'homme, le rival surgissant, la démence est entrée en moi; j'ai donc cédé au sentiment le plus bas, le plus bestial, le plus injuste, et aussi le plus terrible, car mon cœur était comme entre les griffes d'une bête fauve, et rien n'aurait pu m'apaiser. Un instant, cependant, le clair regard de l'amant, levé sur moi dans un élan de pitié, a failli me rendre la raison; mais l'humiliation de le sentir plus noble que moi a aussitôt éteint cette lumière. Alors le baiser

23.

d'adieu, qui, sous mes yeux, a scellé leurs lèvres,
m'a aveuglé de fureur... Ce baiser dont le souvenir me fait grincer des dents encore. O! malheureux que je suis!...

Oui, je le confesse, devant le jour qui se lève :
J'ai condamné Gazileh injustement, j'ai fait une
morte de ce chef-d'œuvre du Créateur parce qu'il
se refusait à moi et pour qu'il ne fût à personne.
Moi qui ai, pendant tant d'années, travaillé au
perfectionnement de mon âme et de mon intelligence, qui savais tout de la terre et devinais le
ciel, un piège vulgaire m'a fait trébucher. Donc,
je me juge et je me condamne. Je suis déchu de
ma grandeur et indigne de commander.

Il s'était levé, les yeux sur le soleil, qui surgissait, comme un faisceau de glaives, entre les pics
dont il ensanglantait la neige. Debout, si près du
vide que des fragments du sol croulaient sous
son pied, sa robe blanche rougie par le reflet, il
courbait la tête, contemplant l'immensité béante,
avec l'idée de se faire dévorer par elle, de lui jeter
son corps périssable, pour qu'en se brisant il
laissât s'échapper l'âme immortelle vers les hauteurs reconquises. L'angoisse du vertige, ou
l'épouvante d'une douleur surhumaine noya sou-

dain les prunelles fixes du prophète et arracha
à sa poitrine un effrayant sanglot!... Une goutte
brûlante tomba qui fit un trou dans la neige...
et Raschid, chancelant, s'abandonna à la chute...

Un bras vigoureux le saisit alors, l'arracha au
gouffre. C'était l'homme au dévouement infati-
gable, l'ami impeccable et sûr, l'austère conseiller Dabbous. Il avait rejoint le maître, depuis
longtemps l'observait, veillait sur lui.

— Relève le front, prophète, dit-il d'une voix
grave. Ta douleur et ton repentir sont aussi
grands que tes crimes; mais cette larme, où s'est
fondu tout ton orgueil, tombe dans la balance et
la fait pencher du côté du pardon.

— Non, ami, je ne mérite pas le pardon, dit
Raschid d'une voix défaillante; laisse-moi mourir, car ce que je pleure, ce n'est pas, comme tu
le crois, ma gloire obscurcie. Mon désespoir est
autre, hélas! Je pleure la morte adorée, celle que
j'ai tuée par amour et que, vivante à jamais dans
mon cœur, j'aime d'un immortel amour!

Et, aux pieds du grand vieillard, le Prince des
Montagnes, mortellement pâle, roula, évanoui,
sur la neige.

XVII

Le sénéchal Milon de Plancy, debout devant le roi Amaury, lui présentait un Templier, le frère Gauthier du Mesnil. Mais l'accueil du roi était glacial, et il n'avait aucune parole courtoise pour le nouveau venu.

Milon, la face enluminée par l'abus du vin, manifesta sa surprise en soulevant ses sourcils et dit d'un ton goguenard :

— A ce qu'il paraît, le roi est irrité contre nous.

— C'est plus que de l'irritation, cousin, s'écria Amaury : c'est de la colère, et malheureusement une colère trop juste. Tu as trahi ma confiance en mettant si peu de hâte à m'apporter une nouvelle que je sais depuis longtemps, et que je tiens pour fausse.

— Le messager ne peut que rapporter le message. N'ai-je pas fait au mieux cependant en vous amenant ce noble chevalier du Temple, afin qu'il vous redise lui-même la réponse du grand-maître?

Le Templier, un homme robuste, trapu, à l'air brutal, fort laid et privé d'un œil, qu'une pointe de lance lui avait emporté, salua le roi.

— Sire, la vérité, la voici, dit-il : le meurtrier de Boabdil, l'ambassadeur du Vieux de la Montagne, est parti pour Rome, afin de demander au pape l'absolution.

— C'est faux! Aucun Templier n'a quitté la Terre sainte, dit le roi. Et, cela fût-il vrai, cette expiation ne nous suffit pas. Dès demain, vous retournerez vers Odon de Saint-Amand et vous lui direz que voici mon dernier mot : Si la satisfaction que je demande m'est refusée, si on ne me livre pas immédiatement le coupable, je marche sur la commanderie du Temple et je la détruis de fond en comble.

Gauthier du Mesnil dissimula à peine un sourire moqueur devant cette menace, que le roi,

peut-être, n'aurait pas eu la puissance de réaliser ;
mais, comme il était congédié, il s'éloigna, en
chuchotant avec Milon de Plancy d'un air de
mystère.

Une lourde inquiétude, d'ailleurs, pesait sur le
camp royal. On pressentait que le Vieux de la
Montagne se lassait d'attendre en vain. Le château, depuis quelques jours, était muet ; aucun
messager courtois n'en venait plus. Beaucoup
d'écuyers, des chevaliers même, disparaissaient,
enlevés par le magicien, à ce qu'on disait. Les
châtelaines et les seigneurs venus du voisinage
étaient repartis. Un vague ennui tenait tous ces
hommes, captifs sur parole ; ils avaient épuisé
les jeux, les festins, les excès de toutes sortes,
et ils étaient las, désœuvrés, impatients de
l'inaction.

Vers le prince de Hama, toujours l'hôte du
roi, une jeune fille en deuil était venue, et, depuis,
le vieillard, enfermé sous sa tente, restait invisible. Raymond de Tripoli racontait que le comte
de Césarée, échappé par miracle au château magique, dans lequel il s'était si follement jeté, en
avait rapporté un désespoir incompréhensible et
était résolu à se faire prêtre. Son frère d'armes,

Homphroy, ne le quittait pas et pleurait avec lui.

En dépit de tout cela, le soleil ayant brillé après quelques jours de pluie, la cour s'était assemblée dans une clairière de l'oliveraie toute rafraîchie, pour essayer de se distraire. Les dames disposaient en bouquets des anémones et des roses, cueillies par des pages et amoncelées en tas devant elles, tandis qu'un jongleur, frottant l'archet sur les cordes du rebec, chantait la chanson de Jérusalem : l'arrivée des preux devant la ville sainte et l'émotion qui, à sa vue, les transporta :

> Là eussiez vu de pleurs si grande ploraison
> Que chacun s'en mouillait la face et le menton...

Mais chacun la savait, cette chanson, et on ne l'écoutait que d'une oreille distraite.

Un oiselier arabe, portant une cage suspendue à un roseau, passa en criant :

— Voici des oiseaux à libérer!

La belle Eschive l'appela, et il vint s'agenouiller près d'elle.

— Voyons, montre-nous cela.

— Ils n'ont rien de bien remarquable, dit Tiennette, en se penchant. Jolis comme tous les oiseaux, mais pas dignes de la volière.

— Ils ne sont pas destinés à être gardés.

— C'est bien petit pour être mangé, fit remarquer la princesse Sybille.

L'oiselier se releva, prêt à s'éloigner.

— Oh! madame, dit-il, je ne vends que le droit de leur ouvrir la cage pour leur rendre la liberté.

— Alors, s'écria Tiennette, la marchandise s'envole, et l'acheteur est volé?

— Volé! N'est-on pas cent fois payé par le cri de joie de ces prisonniers qui s'évadent? Voyez comme ils sont désespérés, comme ils se débattent en se meurtrissant la tête contre les barreaux. Ils souffrent; mais leur peine est momentanée, et la rançon que j'exige m'aide à faire vivre ma famille. Ah! n'est-il pas bien heureux, celui qui, doublement charitable, fait l'aumône à l'un de ses frères et rend le ciel aux oiseaux?

— Quelle jolie invention! dit Eschive. Ils ont bon cœur, ces infidèles.

Elle prit la cage en glissant vers le roi, pensif et sombre, un tendre regard.

— Je souhaite, dit-elle, qu'ils emportent, en fuyant, les tristes pensées qui volent sur le front du roi.

— Un regard de vous suffit à les dissiper aussi

24

bien que le soleil sèche la pluie, répondit Amaury courtoisement.

Elle le remercia d'un beau sourire et reprit :

— Dites toutes, mesdames, ce que vous voulez qu'ils prennent sur leurs ailes.

— Pour moi, s'écria Tiennette, qu'ils emportent l'ennui de mon cher fils Homphroy, et aussi la peine du seigneur de Césarée, qu'il a faite sienne; qu'ils emportent le courroux du roi contre le sire de Plancy, mon époux, et, par-dessus le marché, les années que j'ai en trop.

— Et vous, princesse?

— Je suis moi-même une cage vide, dit Sybille; tout ce qui avait des ailes est parti.

La comtesse de Tripoli ouvrit la petite porte, et, avec des cris aigus, les oiseaux s'échappèrent.

— Frou!... Comme ils se sauvent! Ils ne seront jamais assez loin de leur prison.

Elle rendit la cage et donna une pièce d'or à l'oiselier, qui s'éloigna en la bénissant.

A ce moment, Milon de Plancy s'élança, tout chancelant, et vint tomber, sur un genou, devant le roi en criant :

— A moi! cousin!

Tout de suite, une mare de sang se forma

autour de lui, et il s'affaissa, râlant. Le roi avait couru à lui.

— Milon!... Quoi!... il est mort?

— Oh! Sainte Vierge! Mort! mon mari! s'écria Tiennette, avec plus de surprise que de douleur.

Sybille ramassa le poignard, qu'un flot de sang avait rejeté hors de la blessure.

— « Le Khâlife de Dieu! » Comme d'habitude, le meurtre est signé.

Raymond de Tripoli accourait, tout ému.

— Sire, dit-il, le noble templier Gauthier du Mesnil est mortellement blessé..

— Ah!... lui aussi!

— Il a demandé un prêtre, et l'évêque Guillaume est près de lui.

— Ah! c'est la guerre, cette fois, s'écria le roi. Il n'y a plus à hésiter, car ceci est intolérable. Un parent! un hôte! égorgés tous deux dans mon camp!... Il faut venger un pareil outrage, ou mourir. « Dieu aide son Sépulcre! »

Et Amaury fit aussitôt crier un ban, pour assembler le conseil, afin de décider qu'on mît le siège à l'instant devant le château.

Mais, dans le camp en rumeur, l'alarme était à peine répandue, que la nouvelle courut qu'une troupe sortait de la forteresse en élevant des branches d'olivier. Bientôt, en effet, des hérauts écartant la foule crièrent :

— Rangez-vous devant celui qui tient en son pouvoir la vie et la mort des rois.

Et les chevaliers, faisant la haie sur le passage du Vieux de la Montagne, oubliaient tout dans la curiosité de le voir.

— Il daigne enfin se montrer lui-même! se disait Amaury, en le regardant s'avancer. Il vient sans armes, avec une escorte restreinte, dédaigneux du danger.

Et, comme tous les autres, il était impressionné par l'air souverainement majestueux du magicien, par sa jeunesse, mais surtout par la douloureuse pâleur de son visage.

— On dirait qu'une clarté nocturne l'enveloppe, pensait-il, et il est, certes, étrangement beau.

— Roi Amaury, dit Raschid, d'une voix très douce, pourquoi songes-tu à attaquer ce château, que tu reconnais en toi-même être imprenable? Pourquoi veux-tu me déclarer la guerre, quand la cause qui aurait pu la faire naître entre nous n'existe plus?

— Comment? s'écria le roi en faisant un pas en arrière, il faudrait te laisser égorger les miens sous mes yeux, sans crier vengeance?

— J'ai seulement fait justice et je t'ai vengé! Écoute ce que ton évêque vient te dire.

Guillaume accourait, en effet, faisant de loin des gestes d'apaisement.

— Suspendez votre colère, sire, dit-il, tout haletant. Le Templier qui a traîtreusement occis l'ambassadeur Boabdil, vient d'expier son crime. C'était ce Gauthier du Mesnil. J'ai reçu sa confession, qu'il me charge de rendre publique.

— Quoi? dit Amaury, il venait me braver ici, se railler de moi?...

— Pis que cela, seigneur : d'accord avec le sénéchal Milon de Plancy, il t'allait trahir. Une troupe de Templiers devait le joindre, ce soir même, pour tâcher de s'introduire, par ruse, dans le château, afin d'en piller les richesses et d'en égorger le maître.

— Milon! traître!... lui que j'ai comblé de biens, s'écria le roi, en courbant la tête.

— Ne tardez pas, seigneur, dit l'évêque : ces soldats du Temple, il faut les découvrir et s'emparer d'eux.

24.

— Ils sont déjà mes captifs, dit Raschid.

— Ah! cédez-moi le droit de les punir.

— Crois-en ma sagesse, roi de Jérusalem, ne les punis pas.

— Que dites-vous?

— Les coupables ont expié. Par égard pour toi, je me contente de cette réparation. Fais de même, je te le conseille. On me dit prophète; mais il n'est pas besoin de l'être pour vous prédire, à vous, chrétiens, que c'est par la désunion que vous périrez. Oui, je l'avoue, j'ai été tout d'abord frappé d'admiration par la sublime folie de votre conquête, par votre force, votre étonnant courage. Je vous ai observés, j'ai étudié votre croyance. Je songeais à m'allier à vous. Nos deux puissances réunies auraient formé un torrent irrésistible; nous étions les maîtres de l'Orient. Mais j'ai vite reconnu que rien de stable ne peut s'établir par vous. Orgueilleux à l'excès, vous ne savez pas obéir. Vous négligez, le plus souvent, l'ennemi, pour vous déchirer entre frères. Et ce dieu même, ce dieu pour lequel, de si loin, vous venez mourir, bien facilement vous le renieriez!

— Ah! seigneur! dit Guillaume d'un ton de reproche.

— Noble évêque, dit Raschid, j'ai pour ton grand esprit, ton savoir et la droiture de ton âme, la plus profonde estime; j'ai été vivement touché de l'opinion flatteuse que tu as maintes fois proclamée pour ma personne et je ne voudrais pas t'attrister en vain. Mais, aujourd'hui même, un grand nombre des vôtres, attirés par de vulgaires séductions, viennent d'abjurer le Christ et de se donner à moi. Je te les renverrai, ajouta-t-il, parlant au roi; ne cherche pas à savoir leur nom. Évitez tout sujet de division, restez unis. Une guerre cruelle se prépare contre vous, car Salâh ed-Din rassemble ses forces pour une lutte suprême. Il recherche mon alliance; mais, tant que tu vivras, roi Amaury, je jure de ne rien conclure avec lui. Crois-moi : je te parle d'un cœur ami; ne hâtez pas votre perte. Pardonne aux soldats du Temple. Je te les rends, sans vouloir aucune rançon.

— Merci, seigneur, dit le roi, très ému. Vos nobles paroles me troublent profondément. Elles touchent à une plaie vive, qui me ronge sans cesse. Vous n'avez que trop raison, hélas! et, malgré mon ressentiment, je suivrai vos conseils.

Brusquement, le prince de Hama, défait et tout en larmes, s'élança d'un pas incertain.

— Raschid, cria-t-il, ai-je rompu la paix, moi?... Peux-tu me reprocher la plus légère faute contre toi, en action ou même en paroles? Qu'as-tu fait de l'otage précieux que je t'ai confié?... Où est mon enfant bien-aimée?...

— Il l'a tuée! criait Hugues de Césarée, qui, hors de lui à la vue du meurtrier, avait tiré son épée.

Homphroy, suppliant, le retenait à pleins bras.

— Tuée! ma fille! murmurait le roi.

Raschid ed-Din, les yeux fixes, comme accablé de douleur et de honte, baissait la tête.

Dabboûs alors s'approcha de lui :

— Debout, dans ton orgueil intact! mon fils, lui dit-il à demi-voix. Mon devoir était de te sauver de toi-même. Par un ordre signé de toi, le blanc-seing que tu m'as jadis confié, l'ordre inique a été suspendu. Le sang d'une colombe a trempé la ceinture de l'innocente.

— Gazileh! vivante!... murmura Raschid, prêt à défaillir.

— Courage maintenant, khalife de Dieu! Ce que j'attends de toi doit être digne de ta grandeur.

Et le noir chambellan, prenant par la main la princesse de Hama, dissimulée parmi les gens de l'escorte, lui enleva son voile...

Un long murmure d'admiration s'éleva à la vue de cette beauté si parfaite; mais elle, avec un cri de joie s'était jetée dans les bras de son vieil oncle, qui sanglotait.

Nahâr, dans un délire de bonheur, arrachait ses habits de deuil et couvrait de baisers les mains de son amie. La stupeur heureuse, qui étourdissait tous les assistants, donna à Raschid le temps de se remettre un peu.

— Merci, prophète, dit enfin le prince de Hama, riant et pleurant; pardonne-moi de t'avoir accusé.

— Gazileh! dit Raschid d'une voix mal affermie encore, voici le roi Amaury, votre père.

Et, comme la jeune fille, stupéfaite, interrogeait des yeux son oncle :

— C'est vrai, dit-il.

Alors, surprise et souriante, elle s'avança vers le roi :

— Je vous la rends à tous deux, dit Raschid, à une condition...

— Parle, dit Amaury : que pourrions-nous te refuser?

Une oppression terrible semblait serrer la gorge du prince des Montagnes. Il dit pourtant :

— C'est que tu m'accorderas sa main... pour le plus brave de tes chevaliers, qui l'aime... et a le bonheur d'être aimé d'elle.

Amaury tenait Gazileh par le bout des doigts et la contemplait avec admiration.

— Certes, dit-il, il est heureux, celui qu'elle a élu !... Vit-on jamais pareille merveille?... Nomme-le, ce mortel fortuné, et, si mon hôte y consent, il est mon gendre.

— C'est le comte Hugues de Césarée.

Hugues, qui avait tout écouté dans un indicible frémissement d'émotion, s'élança vers Raschid.

— Est-ce bien possible? s'écria-t-il. Vous ai-je à ce point méconnu?... Mais, pardon, ma présence vous fait mal.... Pourtant la grandeur de votre sacrifice m'écrase; je ne puis faire autrement que de ployer le genou devant vous.

Mais, vivement, le prince le releva :

— Encore ceci, murmura-t-il.

Et il lui ouvrit ses bras.

— Ah ! vous êtes vraiment plus qu'un homme !.

— O prophète, vous qui savez tout, dit Gazileh,

tandis que le chevalier se détournait pour cacher
ses larmes, vous voyez ce que mon âme éprouve.

Pour la première fois, Raschid osa la regarder.

— O Gazileh! fleur exquise dont le parfum
m'avait fait perdre la raison, dit-il, pardonne-
moi le mal que je t'ai fait, au nom de ce que j'ai
souffert.

— O seigneur!... Je vous pardonne et je vous
aime.

Elle s'avança pour lui baiser la main; mais il
la retint et, lentement, posa ses lèvres sur le beau
front levé vers lui.

— C'est dans mon château qu'auront lieu les
fêtes nuptiales, dit-il d'une voix haute : il peut
vous contenir tous, et je veux que les réjouis-
sances soient assez magnifiques pour vous payer
de l'ennui où je vous ai tenus ici pendant de longs
jours.

Une immense acclamation éclata, bénissant le
nom du Vieux de la Montagne, et celui des
fiancés, qui, savourant en eux-mêmes leur immense bonheur, n'échangeaient pas même un
regard.

Raschid s'était approché de Dabboûs.

— Es-tu content, mon maître? dit-il. Vois,

tout est mort en moi de l'homme vulgaire. Mon cœur est calme, mon pouls ne frémit pas. Je suis sans haine, sans amour, impassible comme un dieu.

Coulommiers: — Imp. PAUL BRODARD.

BIBLIOTHÈQUE de ROMANS HISTORIQUES

La Chanoinesse (1789-1793), par ANDRÉ THEU-
RIET. 1 vol. in-18 jésus, broché.   3 50
Exemplaires sur papier de Hollande.   8   »

Dans le cadre pittoresque des paysages forestiers
de l'Argonne et du Barrois, l'auteur a peint les
mœurs et l'état d'âme des paysans, des bourgeois et
des nobles de province, pendant les premières années
de la Révolution française.

Une fiction à la fois héroïque et amoureuse met en
scène de nombreux et curieux personnages dont
quelques-uns ont réellement vécu : tisserands et
bûcherons, gentilshommes verriers, clubistes des
petites villes, députés, administrateurs de district.
Sur la foule de ces acteurs du drame, se détachent
en saillie deux principales figures : la Chanoinesse
Hyacinthe d'Ériseul, une jeune femme enthousiaste,
énergique et charmante, qui rêve de sauver, comme
Jeanne d'Arc, la royauté en détresse; François Baujard,
député à la Constituante, ardent patriote, esprit
libéral et généreux, mais dont le cœur n'est pas à
l'abri des séductions enveloppantes de la Chanoinesse.

C'est l'histoire de cette passion vainement com-
battue, qui se poursuit à travers les plus dramatiques
événements : l'arrestation de Louis XVI à Varennes,
la prise de Verdun, la bataille de Valmy et la retraite
des armées ennemies. Après de pathétiques péripéties,
elle se dénoue d'une façon tragiquement poignante.

S'appuyant sur des documents inédits, l'auteur a
apporté dans la peinture d'un pays qu'il connaît bien,
dans l'étude des caractères et des mœurs de l'époque
révolutionnaire, les qualités d'intimité et de sincérité
émue qui ont fait le succès de ses précédents romans.

BIBLIOTHÈQUE de ROMANS HISTORIQUES

La Savelli, *roman passionnel sous le second Empire*, par GILBERT AUGUSTIN-THIERRY. 1 vol. in-18 jésus, broché.   **3 50**

Exemplaires sur papier de Hollande.   **8** »

Ce livre est la mise en œuvre d'un drame réel qui n'était jusqu'ici connu que de quelques familiers des Tuileries.

Un carbonaro italien, Savelli, a été passé par les armes, mais il réchappe de ses blessures; on le soigne, et quand il est à peu près rétabli, le procureur Besnard l'envoie devant un conseil de guerre qui le fait fusiller une seconde fois.

La fille de Savelli a juré de venger son père; elle s'affilie aux sociétés secrètes et se fait aimer de Marcel Besnard, le fils du procureur. Mais bientôt elle s'éprend à son tour du jeune homme qu'elle attire, malgré elle, dans un guet-apens où, fou de jalousie, il tire, sans savoir à qui il a affaire, sur Napoléon III. Car la Savelli, aux mains des carbonari, est devenue la maîtresse de l'Empereur, qu'on veut faire tomber sous les coups d'un nouvel Orsini.

Les deux jeunes gens décident alors de se donner la mort; mais au dernier moment, la Savelli recule et laisse mourir son amant.

Autour de cette tragique intrigue se déroulent des scènes d'un saisissant intérêt historique et des peintures d'une minutieuse exactitude, comme celles de la Cour impériale et du Conseil d'État. Les principaux personnages du roman sont autant de figures réelles qu'il n'est pas malaisé de reconnaître sous leurs noms d'emprunt.

OEuvre très consciencieuse et très bien faite, où l'imagination et l'histoire s'allient sans se nuire.

(*Le Matin*).

Ce roman est un des meilleurs qui aient paru depuis longtemps. C'est l'œuvre d'un maître à tous les points de vue.

(*Le Gaulois.*)

BIBLIOTHÈQUE de ROMANS HISTORIQUES

Le Capitaine Sans-Façon (1813), par Gilbert Augustin-Thierry. 1 vol. in-18 jésus, broché, 3 50
Exemplaires sur papier de Hollande. 8 »

Ce roman raconte un épisode mystérieux des dernières convulsions de la Chouannerie, à la fin du premier Empire. C'est le soulèvement des *gars mainiaux* en 1812 et en 1813. Longtemps une poignée de révoltés tint en échec les troupes envoyées contre ces insaisissables partisans, et tout le formidable arsenal de la police impériale.

On apercevait parfois à leur tête, dans les environs du Mans, un personnage coiffé d'un chapeau à plumes et enveloppé dans un manteau vert à galons d'argent. Il réquisitionnait « au nom du roi » et signait les reçus qu'il donnait : « Le Capitaine Sans-Façon ».

Quel personnage se cachait sous ce sobriquet? Personne ne pouvait le dire. Les battues organisées sans relâche ne donnaient aucun résultat. Un espion livra un certain Guittet; on crut avoir trouvé en lui le fameux Sans-Façon et il fut fusillé. Mais, peu de temps après, l'espion payait de sa vie sa délation, et un homme en manteau vert à galons d'argent, coiffé d'un chapeau à plumes, présidait à son exécution.

Dans l'épilogue de son récit, l'auteur nous révèle le secret de cette sanglante histoire et nous en montre les dessous politiques. L'authenticité des faits ne peut être mise en doute; un appendice, qui n'est pas la partie la moins curieuse du livre, contient tous les documents officiels mis en œuvre.

M. G. A.-Thierry se plaît en l'étude des drames mystérieux de l'histoire. Son livre est une révélation historique en même temps que le plus attachant des romans. (*Le Gil Blas.*)

Ce roman est fort bien composé, et des plus intéressants.
L'auteur excelle à donner par ses livres une impression saisissante de mystère et de terreur.
(*Le Siècle.*)

BIBLIOTHÈQUE de ROMANS HISTORIQUES

Marguerites du temps passé, par Mᵐᵉ JAMES DARMESTETER (née Mary Robinson). *Ouvrage couronné par l'Académie française.* 1 vol. in-18 jésus, br. **3 50**
　Exemplaires sur papier de Hollande. **8 »**

Cette suite de nouvelles historiques est le début dans la littérature française d'un des plus distingués poètes de la jeune littérature en Angleterre.

Le moyen âge mystique revit tout entier dans la première de ces nouvelles, ingénieusement placée sous l'invocation « du benoît saint François ». Dans la seconde, c'est le moyen âge soudard et brutal ; tandis que l'héroïque et simple histoire de « Philippe Lecat » nous fait assister au premier éveil du sentiment national sur la terre de France, en partie encore aux mains des Anglais.

« La comtesse de Dammartin » est un véritable petit poème, d'une émotion pénétrante. L'histoire de « Sibylle » nous est narrée avec l'ironie malicieuse et naïve à la fois de nos vieux conteurs ; et tout à côté, un frisson de terreur fait palpiter les pages des poignantes « Ballades de la Dauphine ».

La Renaissance, et surtout la Renaissance italienne, a inspiré à Mᵐᵉ J. Darmesteter des pages d'une grâce et d'une pureté exquises dans « Les Giroflées », d'un éclat radieux et triomphant dans « Béatrix de Milan », d'une fantaisie ailée dans « l'Architecte de Brou ».

Il y a dans ces nouvelles, outre la douceur puissante du sentiment, une vérité de couleur que les plus savants ne trouvent pas toujours. Mᵐᵉ Darmesteter a véritablement le sens historique. *(Le Temps.)*

Ces pages font songer à ces œuvres des maîtres primitifs de la peinture, où la grâce est si pure, l'art si chaste dans son idéale simplicité. Elles dégagent un charme pénétrant.
- *(Journal des Débats.)*

BIBLIOTHÈQUE de ROMANS HISTORIQUES

Le Roman du mont Saint-Michel, par Mme STANISLAS MEUNIER. 1 vol. in-18 jésus, br.   **3 50**
Exemplaires sur papier de Hollande.   **8 »**

La situation du Mont *au péril de la mer*, la beauté de son architecture et surtout le caractère guerrier de ses moines ont, de tout temps, frappé les imaginations.

Jadis le mont Saint-Michel recevait la foule des pèlerins ; aujourd'hui ce sont les touristes qui, bien certainement, s'intéresseront fort au livre de Mme Stanislas Meunier. Elle a choisi la plus belle époque du Mont, alors que Bertrand du Guesclin en était capitaine, et l'abbé Geoffroy de Servon gouverneur.

La femme de du Guesclin, Tiphaine, surnommée *la Fée*, demeurait au Mont, avait ses entrées à l'abbaye, travaillait avec les moines à de précieux manuscrits. Un de ces moines, Jean de Blois, bâtard reconnu du duc de Bretagne, devint amoureux d'elle ; mais, comme elle était vertueuse, il fut réduit à l'aimer comme Pétrarque, dit-on, aimait Laure. L'auteur a rendu d'une façon poignante le mysticisme, la douleur, la foi, l'héroïsme de personnages très vrais, dont elle a soigneusement respecté le caractère historique, sans jamais demander à son imagination ce que pouvaient lui fournir les faits authentiques.

Très habilement, l'auteur nous a montré dans une fable touchante et dramatique la vie des religieux, des nobles, des bourgeois et des juifs de ce temps... Je recommande tout particulièrement cette œuvre pleine de couleur et de passion qui, je le répète, renferme mieux qu'un roman, de l'histoire.

(Le Figaro.)

L'action curieuse et poignante de ce roman a pour cadre ce merveilleux mont Saint-Michel que la vaillance des moines sut, pendant toute la guerre de Cent ans, conserver à la France. Mme Stanislas Meunier a la grâce et la puissance de mêler le patriotisme à tout ce qu'elle écrit.

(La Nouvelle Revue.)

BIBLIOTHÈQUE de ROMANS HISTORIQUES

L'Élève de Garrick, par AUGUSTIN FILON.
1 vol. in-18 jésus, broché.   **3 50**
Exemplaires sur papier de Hollande.   **8 »**

L'Élève de Garrick, c'est Esther Woodville, une jeune actrice de Druly-lane, qui a conquis le public dès son début, certain soir de l'hiver de 1780. Elle est aimée de trois hommes très différents : son cousin Reuben, un sombre sectaire, Lord Mowbray, un grand seigneur débauché, enfin Franck Monday, un enfant trouvé que le grand peintre Reynolds a recueilli dans sa maison et dont il a fait un artiste.

Heureusement son père, qu'elle ne connaît point, veille dans l'ombre. C'est Lebeau, l'aventurier français du XVIIIe siècle, un type disparu. Il a élevé le jeune lord ; il a été l'instigateur, le compagnon de ses folies ; il semble l'être encore. A la suite des curieuses péripéties d'un bal masqué, où Esther doit être enlevée, il escamote à Mowbray sa proie. Cependant les fanatiques, soulevés par Reuben, poursuivent partout les papistes ; Londres est livré à l'émeute, au pillage et à l'incendie.

C'est au milieu de ces terribles scènes, scrupuleusement décrites jour par jour, d'après les documents historiques, que le drame se poursuit et s'achève. Mowbray y rencontre la mort et Reuben la honte ; Frank sauve d'une fin affreuse celle qu'il aime et retrouve son nom, un titre qu'il partagera avec elle ; Lebeau, dans son agonie, goûtera pendant quelques heures la douceur d'être père.

Dans cette reconstitution d'un moment fameux de la vie anglaise sous le règne brillant de George III, l'auteur a réussi à allier les solides qualités de l'historien au naturel et au charme du conteur.

(Revue des Deux Mondes.)

Ce récit est conduit par un conteur expérimenté ; il ne languit pas un seul instant et est semé d'intéressants épisodes... Les personnages de M. Filon sont dessinés d'une main très fine.

(Annales politiques et littéraires.)

BIBLIOTHÈQUE de ROMANS HISTORIQUES

Cléopâtre, par Jean Bertheroy. 1 vol. in-18 jésus, broché.   **3 50**

Exemplaires sur papier de Hollande.   **8** »

L'auteur prend Cléopâtre au lendemain du désastre d'Actium, qui ne l'a fait renoncer à aucune de ses ambitions ; il nous la montre au milieu de sa prestigieuse opulence, dans son palais du Bruchium.

Puis nous retrouvons la fille des Lagides donnant une fête somptueuse à Antoine et à ses soldats dans l'île d'Antirrhodos ; au milieu du festin, l'auteur a placé la très curieuse cérémonie du *Maneros*, reconstituée point par point.

Taïa, la jeune favorite de Cléopâtre, est aimée de Kaïn, farouche Lybien, qui commande à tous les esclaves du palais ; sans partager cette passion, elle l'attise pour la faire servir aux intérêts de la Reine.

Cependant le Triumvir, battu sous les murs d'Alexandrie, se frappe de son épée, sur la nouvelle que Cléopâtre s'est tuée elle-même.

Mais Cléopâtre ne s'est pas tuée ; de fidèles serviteurs transportent Antoine mourant auprès de la Reine, et il rend le dernier soupir entre les bras de l'enchanteresse.

Antoine mort, Cléopâtre tombe entre les mains d'Octave. Après avoir essayé vainement le pouvoir de ses charmes sur son vainqueur, Cléopâtre, éclairée sur ses véritables intentions par le grand-prêtre Paësi, qui lui offre de la soustraire par la mort à cet outrage suprême, envoie chercher l'uræus sacré du Serapeum et meurt, piquée au sein par le serpent divin.

Ce roman de Jean Bertheroy est digne du poète des *Femmes Antiques*. C'est une œuvre passionnée où se révèle un profond sentiment de l'antiquité égyptienne.   (*Le Figaro*).

Ce livre n'est point une œuvre de fantaisie pure, mais un roman historique dans le bon et vrai sens du mot. Cléopâtre y revit tout entière devant nos yeux.   (*Nouvelle Revue.*)

BIBLIOTHÈQUE de ROMANS HISTORIQUES

Hassan le Janissaire, par Léon Cahun.
1 vol. in-18 jésus, broché.   **3 50**
Exemplaires sur papier de Hollande.   **8** »

C'est en Turquie, en Syrie, en Égypte que se déroulent les scènes de ce livre, au temps où les Turcs étaient à l'apogée de leur puissance militaire.

L'auteur a choisi pour cadre la campagne d'Égypte, entreprise en 1516 par le terrible Sultan Sélim Ier. Le héros du livre, Hassan, est un de ces jeunes chrétiens, nés dans les provinces européennes de l'empire musulman, enrôlés de force, et parmi lesquels se recrutait exclusivement l'infanterie des Janissaires.

Au cours de ses audacieuses pérégrinations, Hassan se rencontre avec le fameux corsaire Dragut et son légendaire lieutenant Chassediable, les maîtres de la Méditerranée et de l'Adriatique. L'amour d'une belle et traîtresse Vénitienne fait sortir le Janissaire de son devoir, jusqu'à l'assassinat et la désertion; mais il rachète en quelque sorte toutes ses fautes à force d'héroïsme.

Ce qui fait l'originalité de ce type du soldat turc Osmanli, c'est sa situation d'apprenti Janissaire, c'est le milieu bigarré de races et de religions dans lequel il est obligé de vivre, c'est la séparation absolue du monde à laquelle le condamne son métier. Ce portrait saisissant est complété par la résurrection très exacte du monde ambiant : gens de guerre et gens de mer, bourgeois, gens de loi et de religion, femmes de la haute société et de la rue, tels qu'ils étaient en Turquie au XVIe siècle.

Il y a là une étonnante résurrection, brutale et colorée, des mœurs militaires turques au seizième siècle. C'est un vrai roman « de cape et de cimeterre ».

(Revue illustrée.)

Une fable romanesque très bien menée, des récits de batailles fort dramatiques, et tout cela écrit dans un style vivant et coloré, assurent le succès de ce livre.

(La Paix.)

BIBLIOTHÈQUE de ROMANS HISTORIQUES

Les gens d'Épinal, par RICHARD AUVRAY.
1 vol. in-18 jésus, broché.   3 50
Exemplaires sur papier de Hollande.   8 »

Dans Épinal, ville soumise aux évêques de Metz, mais déjà plus qu'à demi indépendante, un jeune bourgeois, Hugues Dailly, est à la tête des novateurs qui voudraient donner la ville au duc de Lorraine. Pourtant il est fiancé à la fille d'un des chefs de la faction adverse, Colin Étienne. Mais l'arrivée de l'évêque de Metz provoque une émeute et rompt l'union du jeune homme et de sa fiancée Isabelle. L'évêque assiège la ville que Hugues, devenu le maître, défend victorieusement; mais Étienne livre Épinal, prend son ennemi au piège et marie sa fille au fils du prévôt de l'évêque.

Méconnaissable, déguisé sous un nom d'emprunt, Hugues reparaît à la tête d'une bande de routiers qu'inspire une pauvre folle qui se dit la Pucelle échappée au bûcher. Dès lors, la ville ingrate est harcelée, minée; Étienne meurt de froid, de fatigue et de terreur; Isabelle, rendue veuve, tombe aux mains de son ancien fiancé, ivre de vengeance.

Mais à peine se sont-ils revus que l'amour, qu'ils avaient l'un et l'autre étouffé, renaît de l'oubli et que Hugues laisse échapper Isabelle, fidèle, malgré tout, au souvenir du mari perdu.

Le malheureux aventurier se trouve enfin, par une fortune inespérée, enrôlé sous la bannière du roi de France Charles VII, et est mis à la tête de la ville d'Épinal, volontairement incorporée à la couronne.

L'auteur, s'il sait brosser vigoureusement de grands décors de guerre, ne dédaigne point de nous peindre d'un pinceau léger les bons bourgeois d'Épinal. (*L'Estafette.*)	Ce sujet a permis à l'auteur de nous faire voir, dans une belle mise en scène, un aspect souvent négligé de la vie du xve siècle. (*L'Illustration.*)

BIBLIOTHÈQUE de ROMANS HISTORIQUES

La Sœur du Soleil, par JUDITH GAUTIER (*ouvrage couronné par l'Académie française*). 1 vol. in-18 jésus, broché.   **3 50**

Exemplaires sur papier de Hollande.   **8 »**

L'action de ce roman se déroule en plein Japon féodal du dix-septième siècle. Le jeune Fidé-Yori, siogoun, c'est-à-dire grand chef du royaume, va atteindre sa majorité ; mais le régent, vieillard dévoré d'ambition, refuse d'abandonner le pouvoir et entoure même la vie du prince d'embûches auxquelles celui-ci n'échappe que grâce aux avis mystérieux d'une jeune fille inconnue et au dévouement chevaleresque de son favori, le prince de Nagato.

Bientôt le régent lève l'étendard de la révolte, le royaume se divise et une guerre civile éclate.

Le prince de Nagato est l'âme de la lutte. Cet héroïque jeune homme nourrit au plus profond de son âme un impossible amour pour la divine Kisaki, l'épouse du Mikado. La princesse a deviné cet amour et, si sa bouche est restée muette, ses yeux ont parlé malgré elle. L'aveu ne s'envolera de leurs lèvres que le jour où le prince de Nagato aura sauvé la vie de la Kisaki, mais de ce jour aussi les deux amants seront à jamais séparés : la princesse, trop pure et trop fière pour trahir son époux, se fait prêtresse du Soleil

Dès lors, le prince de Nagato ne tient plus à la vie : il sauve une dernière fois le siogoun, qui a enfin retrouvé la jeune fille mystérieuse dont sa pensée et son cœur sont remplis, et s'ensevelit lui-même, après une dernière bataille, sous les ruines fumantes du palais.

Ce livre est une pure merveille, le chef-d'œuvre de Mme Judith Gautier et un chef-d'œuvre de notre langue.

Je ne sais rien de plus beau que ces pages trempées de lumière et de joie, où toutes les formes sont étranges et belles, tous les sentiments fiers ou tendres.   (*Le Temps*).

BIBLIOTHÈQUE de ROMANS HISTORIQUES

La Conquête du Paradis, par JUDITH GAUTIER.
1 vol. in-18 jésus, broché. **3 50**
Exemplaires sur papier de Hollande. **8** »

Au milieu de merveilleux tableaux de la vie et de la nature orientales, une trame romanesque met en scène la glorieuse et émouvante histoire de la conquête de l'Inde par les Français, cette brillante aventure où nos soldats gagnèrent ce paradis que nous ne sûmes garder qu'une heure.

Sur la foule bariolée des personnages mis en action, trois figures se détachent en haut relief : celle de Dupleix, admirable de puissance et de vie ; celle du marquis de Bussy, le héros du livre, véritable type de ce que le génie français a produit de plus spirituel, de plus audacieux, de plus chevaleresque ; enfin la figure à la fois tendre et farouche de la reine Ourvaci, la vierge guerrière.

Bussy aime la reine de Bangalore, et c'est cet amour, traversé par les événements les plus étranges, mêlé aux faits d'armes les plus follement héroïques, comme cette prise de Gengi, dont le récit est un mot à mot historique rigoureusement exact, c'est cet amour que nous peint l'auteur en des décors éclatants. Ce jeune héros, que des aventures extraordinaires mais vraies conduisent au trône de Bangalore, est d'ailleurs un personnage réel : Charles-Joseph Patissier, marquis de Bussy-Castelnau, qui défendit Pondichéry avec tant d'intelligence et de courage. L'auteur n'a eu qu'à puiser dans l'histoire pour composer le plus romanesque et le plus véridique des romans.

Ce roman historique est aussi un roman poétique, dans lequel on retrouve cette imagination héroïque et pure, ce je ne sais quoi de noble qui fait le charme des livres de Judith Gautier.

(*Le Temps.*)

Un livre de Mᵐᵉ Judith Gautier est toujours un régal pour les délicats. Dans *la Conquête du Paradis*, la fantaisie du roman s'allie merveilleusement avec les données historiques.

(*Le Figaro.*)

BIBLIOTHÈQUE de ROMANS HISTORIQUES

Volontaire (1792-1793), par JANE DIEULAFOY.
1 vol. in-18 jésus, broché.   **3 50**
Exemplaires sur papier de Hollande.   **8 »**

Ce roman, qui évoque sous un voile discret une des figures les plus touchantes de l'épopée révolutionnaire, commence à l'heure terrible où la France anxieuse voit ses frontières menacées par la coalition allemande.

A l'appel de la patrie en danger, des volontaires accourent au camp de Maulde, s'unissent aux paysans organisés en garde nationale et harcèlent les troupes impériales, pillardes mais encore hésitantes.

Une émouvante histoire d'amour, d'abord encadrée dans les péripéties de la guerre, se déroule au milieu des haines de famille exaltées par les passions politiques qui divisent les bourgeois royalistes et les bourgeois patriotes de Saint-Amand. Le drame s'achève devant le comité de Sécurité révolutionnaire de Valenciennes.

L'auteur a peint, avec une vigueur qui est la caractéristique de son œuvre, l'attachement du paysan émancipé pour la terre conquise, les rancunes locales ou domestiques, les emportements populaires, les défiances du patriotisme toujours en éveil, les misères héroïques du soldat de la Révolution et le sublime entraînement des vierges elles-mêmes s'armant pour la patrie.

Bien que « Volontaire » soit un poème d'amour et de gloire, les scènes de passion sont traitées avec une telle délicatesse de sentiment qu'il n'est gracieuses mains entre lesquelles on ne le puisse placer.

Volontaire est un roman très lestement mené et nous donnant une juste idée du monde bourgeois et provincial de cette Révolution qui sert si souvent de cadre à nos peintres et à nos romanciers. (*Le Figaro*).

De l'action, du mouvement, un dialogue prompt, clair, plein de mots. Le style est vigoureux et abondant à la fois. Les aventures s'nt menées avec une énerg' toute virile.
(*Le Soir*).

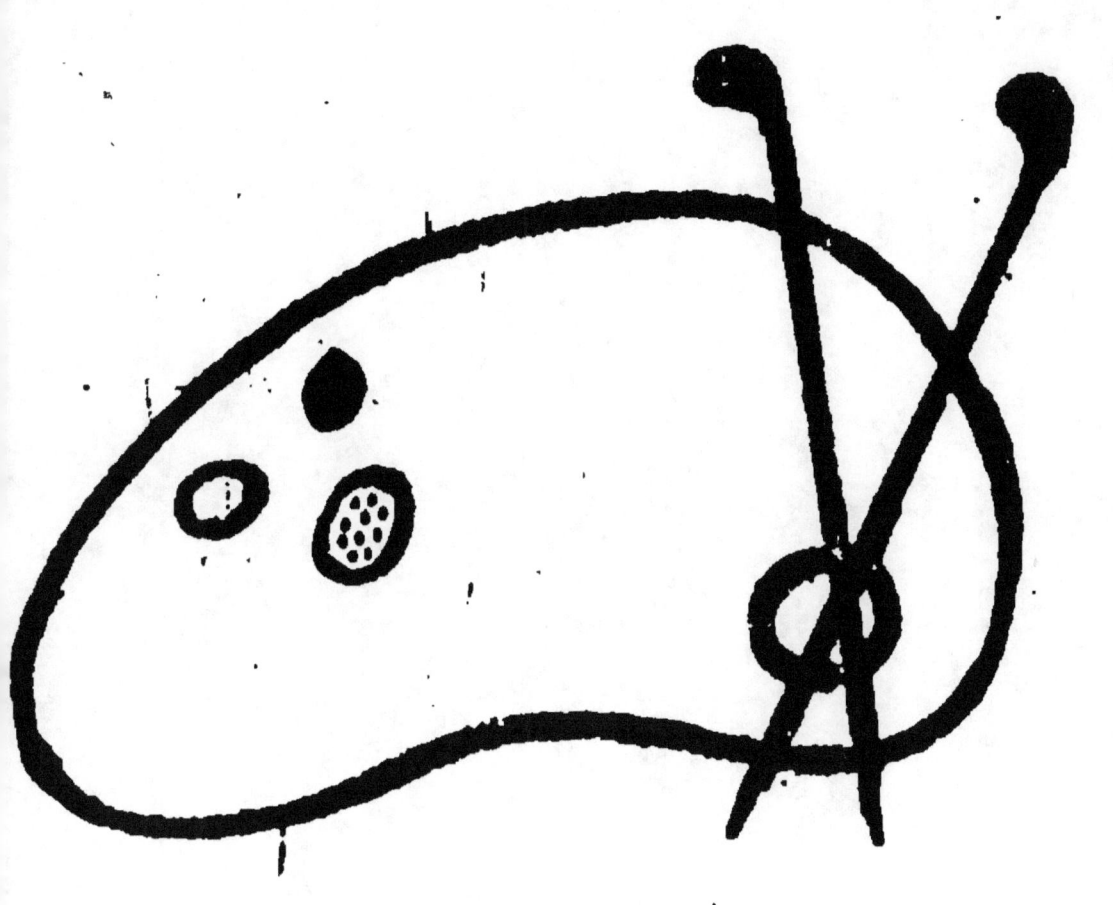

Original en couleur

NF Z 43-120-8

www.ingramcontent.com/pod-product-compliance
Lightning Source LLC
Chambersburg PA
CBHW071849020726
47502CB00003B/668